妄想radio

桜木紫乃

目次

ずれずれ草

妄想radio

カバーイラストレーション　江口寿史

ずれずれ草

二〇二二年一月から六月まで、週に一本ずつエッセイを書く、という冒険をしてみました。

三枚半の呼吸をつかむ勉強。

いい時間だったなぁ。

ひとつだけ困ったのは、各社担当の名字。

当時原稿をやり取りしていた担当者四人が
全員「ワタナベさん」だったこと。

こんがらがるわっ！

二〇二〇年的一期一会

今年は春から、人が集まること、誰かと会うこと、一緒にご飯を食べること、ライブ、観劇、いつも楽しみにしていたことが、ことごとく「危険」にすり替わってしまった。生まれてから五十五年、自粛という言葉がこれほど長く生活に沁《し》みていたことがあったろうか。

新刊が出たときは、いつもなら上京して取材してもらうのだが今年は違った。すべてリモートで行うという。仕事で使っているパソコン画面の向こうにインタビュアーがいて、時間待ち合わせでパッと現れる。いったいいつの間にこんな世の中に。機械音痴を自慢している場合ではなくなった。

慌ててパソコン環境を整え、生まれて初めての「テレビ電話」が始まる。無駄に緊張する近未来。ついつい癖でマウスを触ると、画面がどこかへ行ってしまう（悲鳴を上げた）。冷静に、手順をふまえ、電話での指示に従う。切れた回線が繋《つな》がる頃は、質問内容を忘れているというありさま。いただけないし情けない。

インタビュアーも自宅なら、担当編集者も自宅勤務だ。保育園児をふたり抱えながら仕事をしている担当がリモート取材の立ち会いサポートをしているときは実に気の毒だった。画面では仕事、背後にトイレトレーニング中の子供では、気の休まる暇もなかったろう。後ろで「ママ、うんこー」と叫ぶ子供を放ってパソコン画面に集中はできない。

「すみません、今日だけ預ける先が見つからなかったんです」

申しわけなさそうな彼女に、かける言葉も見つからない。子供たちは質問に詰まる私を救ってくれた大切な存在で、内心とても感謝しているのだけれど。

取材は「未来の道具」とばかり思っていたテレビ電話で何とか切り抜けたのだけれど、サイン会は難しかった。書店様に新刊のご挨拶をしに行くことさえはばかられたのだから、仕方ない。いつも並んでくれたあの人この人の顔を思い浮かべため息をつく。去年来てくれたあの方は、お元気だろうか。

　昨年のサイン会でのこと――目の前に立った老人は杖《つえ》をついていた。鞄《かばん》から厚さ一センチはあるお手製のスクラップブックを取り出し「あなたの記事と新聞連載を貼ってあるので、もらってくれないか」という。「ありがとうございます」と受け取った。表紙を開けば今までのインタビュー記事やエッセイが貼ってある。地元紙の夕刊に連載していた小説も一ページに一日分ずつ切り抜き貼ってあるので驚くと、彼は鞄から同じ厚さの残り四冊を取り出して「三百七十一回すべて貼ってあります」と言うのだった。

　一年三か月にわたる連載を、一日も漏らさずに切り取り、貼り付け残す。節くれ立った指も加齢によりなめらかに動かすのは難しくなっているだろう。自分にも同じくらいの年齢の親がいるのでわかる。

　五冊にわたる「桜木紫乃」と名付けられたスクラップブックを前にして、その作業に要した時間を偲《しの》び思わず「やっぱり、いただけません」と言ってしまった。

老人はサインが済んだ本を受け取り、突っ返されそうになったスクラップブックの表紙をポンと叩《たた》いた。

「棺桶《かんおけ》に入れてもらうわけにも行かないんでねえ。悪いけど置いていきますよ」

穏やかな微笑《ほほえ》みを残して去ってゆく老人の手には杖、こちらは涙だ。参った。

あれから一年と少し経《た》った。今年サイン会があれば、来てくださったろうか。

気に入ってくれた本は去年の一冊だけだったろうか。


情が薄いことを武器にして小説を書いているという自負がある。悲しみよりも観察を優先させてきたはずだった。自分の情緒には大きな揺れはないと思ってきたのだ。

原稿用紙にして二枚半ずつしか進まない新聞小説を、毎日切り取り貼り付けるという行為自体が、大切な時間の蓄積だろう。小説は人の時間を奪うものだと分かっていても、実際にどれだけの時間を奪ったのかを確かめる術《すべ》はない。

想像できるかたちとなって目の前にある「彼の時間」は、冷酷な表現者を泣かせるに充分《じゅうぶん》な厚さだったと思う。

一期一会なのだ、小説も人も。次に会うときはお互い違う表情、違う気持ちになっている。会うということが贅沢《ぜいたく》な世の中になってみて、改めて「瞬間」の貴さに気づくとは、我も相当な愚か者である。


（2020年10月11日　日本経済新聞朝刊）

故郷の景色

生まれ育った北海道釧路の街を離れて、二十年が経《た》った。

日本の東に位置しているその街で、三十代半ばまで暮らした。朝の早い土地だということを、北海道の西側にある札幌近郊に暮らすまで気づかなかったし、夫の帰宅時も出勤時も窓の外は真っ暗という冬場の風景には、何年経っても慣れることがなかった。

実家もあるので年に何度か帰省するのだが、離れて十年ほど経ったところで街の景色がとても美しく思えたのを覚えている。

先日、飛行機の時間まで少しあったので冬場の釧路湿原に立ち寄った。真冬の空が青く高く、師走に入っても雪のない景色に鶴が飛び、鹿が車の行く手を阻んだ。春か秋か分からぬ色の湿地帯で、頬を切るような風の冷たさだけが釧路の季節を伝えてくる。

近年、展望台から眺める湿原が最も美しいと思うようになった。視界に湿原以外なにも映らないからだろう。

街を離れる前はあたりまえにあった道路脇の湿地帯に、今は太陽光パネルが並ぶ。実家は長く湿原を望む高台で簡易宿泊所《ラブホテル》を経営していたのだが、ふらりと跡地に立ち寄ってみても、あのサバンナに似た荒涼たる景色は見ることができない。

ふと、もうないものだからこそ美しいのかもしれぬと思ったとき、十年の月日が故郷を美しく変えた理由もなんとなく理解できた。

何もなかった昔が良かったわけでも、太陽光パネルが嫌なわけでもない。移ろいゆく景色を眺めていると、その中に自分が何を探しているのかがわかってくる。経てきた時間と、老いてゆく自分を思い確かめるために、故郷の景色というのはあるのだろう。

午後二時半には、傾いた太陽がそろそろ夕暮れの気配を帯びる。三時半にはもう陽が沈んでしまう。冬木立に透けた空に朱色の太陽がどんどん大きくなってゆくのを見ていると、一日がとても短くて儚《はかな》いもののように思えてくる。湿原と街に色づく雲を残して太陽が去ってゆく時間は、まるで色彩のショーのようだ。自然が作る色が秒単位で移ろいながら人を立ち止まらせる。

百年前も五十年前も、同じところから上り沈んでいたはずだが、たった二十年前にこの街に暮らしていたときは、こうして空を見上げることもなかったのだ。時を経て、美しくなるのも当然だ。釧路の街の景色をゆっくりと見られるようになったわたしはもう、ただの旅人なのだろう。

朱色、紫、薄紫、ピンク色、薄い青、さまざまな色を重ねた故郷の空を見ていて、ひとつ気がついた。それは近年映画化された拙作「ホテルローヤル」の、ポスターにあった空の色だった。

映像のプロである映画監督やスタッフが選んだ釧路の空が「これであったか」と気づいた瞬間、故郷を褒められた気がしてとても嬉《うれ》しかった。生まれ育った街の美しさを、遠くから来たひとが、ちゃんと見つけてくれたことへの喜びだったのだろう。

帰宅して、親しい友に比較的良く撮れた写真を送ってみた。「きれいな空が撮れました。やっぱり釧路は美しい街です」と添えた。

返信には「故郷の風景を美しいと思える年齢の重ね方って、悪くないと思います」とあった。なるほどこの感慨は、年を重ねた成果でもあったかと腑《ふ》に落ちた。

年は取るより重ねたほうが、視界にも厚みが出るものなのかもしれない。

（2022年1月13日 日本経済新聞夕刊）

サクラギ秘宝館

サメオ

サメオは、九谷焼の招き猫だ。

新宿鮫シリーズでお馴染みの、大沢在昌御大から、中央公論文芸賞のお祝いにといただいたお宝。

新宿鮫の先生からもらったので、名前は「サメオ」。

「サクラギよぉ、お前、金はもういいだろうから左手上げた招き猫にしといたぞ」

「え、右と左では意味が違うんですか」

「右は金、左は人だ」

こいつがいれば、てんこ盛りで出会いがあるぜ、というこだまが尾を引いている。

サメオが我が家に来てから、やたらと異業種の人と知り合う。そしてみな、わたしに大切なことを教えてくれる。

サメオ、頼むから両手を挙げてくれ。

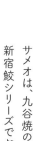

きみも老眼、我も老眼

「八十歳」を「ハナ肇」と読み間違えた。意味不明の文章に頭を抱えたあと、老眼の進行にうろたえた。

遺伝的に老眼の訪れが早いほうで、四十代半ばにはもう、スーパーでの買い物がつらかった。価格を見るのにいちいち眼鏡を持ち上げるのは案外ストレス。正直なことを言うと、新聞も、自分の原稿を確認するのもつらい。

十年前、長編の原稿を読み返したあと、頭痛と肩こりで動けなくなり病院へ行くと「原因は目です」の診断。

それ、と眼鏡屋さんへ駆け込めば「おつらかったでしょう」とシニア眼鏡の担当者。老眼の目にも涙だ。

近視の裸眼0・01そのままに、老眼が来ればプラマイゼロになるはずだという浅はかさを笑うように、老眼鏡は快適だった。世の中にこんな素晴らしいものがあったのかと、今度は感激の涙が流れたのを覚えている。

快適になった眼鏡環境でゲラのチェックをする。見えるぞ見える。しかし目も筋肉、酷使すれば疲れる。

夜中に目頭を揉みながら、活字離れは若者だけの話ではないな、と実感。紙の本にお金を出してくれる世代が離れざるを得ないくらい、活字は小さい。作る側の話で恐縮だが、本作りにも予算があり、頁《ページ》がかさむとそれだけ本が高くなるという。

少しでもコストをかけないよう考えに考え、知恵を絞りに絞った一冊は、活字びっしりでシニアの目にはつらい。

少し前、せめてもう少し活字を大きくしてくれないだろうか、と頼んだことがある。「デザイン上、これ以上は無理」というすげない返事に、それはちょっと本末転倒では、と喉元まで出かかりつつ、「そうですか」と微笑《ほほえ》むくらい私も気弱な大人だった。

本作り、大きく小さく事情はたくさんあるだろう。しかしサイン会にお越しいただくお客様は、私と同世代か、もう少し先輩が多いのだ。

老眼で、ないわけがない。

最近は少し図々《ずうずう》しくなったので「私のお客様はけっこうな確率で老眼です。活字を組むときは大きく濃く、行間も広めで」と、はっきりお願いするようになった。

それでもコストが、という担当には「印税から引いてください」という言葉を懐に隠しつつの、ここは駆け引きだ。

こっちの本気も分かってもらわねば。

活字から離れるお客様を引き留めるものは、いま必要な対策と心意気だろう。女五十七、それは必ず自分に返ってくると教わってきたぞ。

時代はデジタルに浸っているが、デジタルとはいえ、人は日々文字を読んで暮らしている。デジタルになったからこそ、紙と活字の相性のすばらしさも分かってきている。

デジタルとアナログは共存しながらそれぞれの良さを称《とな》えていける関係じゃないかと、昭和の活字人間は思うのだ。これは我々世代が平成生まれの若者から得ることが多いのと同じはず。

七十～八十代の親世代がソファーに沈み込みながら本を読む姿は、四十～五十代の子供にとっても、時が静かに流れるよい時間ではないか。

そんなことを考えていたところへ「大活字本」化された拙作が届いた。すこぶる読みやすい。

そうさ。作る側が「活字離れ」の流行《はや》り言葉に負け、甘えてはならぬのだ。

（2022年1月27日 日本経済新聞夕刊）

つむじまがり

実はつむじが五つある。

嫁に行った先で姑《しゅうとめ》に「同じ家系に五回生まれ直している」と言われて初代の自分に会ってみたいと思った。

初めての美容師さんには必ず申告している。なぜなら、切りようによっては大変なことになるからだ。「本当ですか、つむじが五つのひとつには会ったことないんですけど。ひとつ、ふたつ」。五つ数え終わると店内に歓声が湧く。

幼い頃は、そのような場面を見せたことのない大人たちからも、つむじの数だけで「この子気が強いわ」と言われ続けてきた。愚鈍な子供だったようで、なかなか尻尾を現さない「気の強さ」に、たいそう気味悪がられたものだ。

人と争っていいことなどないことは、親を見て学んだので、とにかく喧嘩《けんか》はしない主義だ。正直、自分のことを気が強い人間だと思ったことは一度もない。

幼稚園ママ時代、出来るだけ争いを避けているうちに、小説を書くしか出来ることがなくなっていた。世の中には比較や優劣のラベルが溢《あふ》れている。子供の身長も亭主の収入もそんなに違わないグループにボスが現れ、下々にすべての開示を迫った。人の心はとかく面倒。

これは自慢だが、行動、その他物事の理解や技術の習得に関しては確実に鈍い。運転免許取得には五か月かかり、新人賞から単行本デビューまでは五年半を要した。投げ出さないことにかけては多少自信がある。もし気が強いせいだとしたら、強すぎてすべてに鈍く見えるのではないか。

これもひとつのストロボ効果か。

どちらかというと他人様に笑われながら生きてきた気がするが、人を笑わずに済んでいるので、何にでも良いこととそうでないことがあるのだろう。

多様性という言葉に出会ったとき、少し戸惑った。取材を受けている際につむじの話になり、インタビュアーから発せられたのが「多様性」。つい「それ何ですか」と訊《たず》ねてしまった。かくかくしかじか、説明を聞いていても、よく分からない。でも聞くほど「それって、個性でいいのでは」と思ってしまう昭和の人。

ひとつに束ねられるとき、括《くく》られそうになるとき、戦後生まれの人間はとにかく「個性」という言葉を杖《つえ》にして踏みとどまったものだ。

時代が移り変わり、個の一文字が多様になって使われていることに、軽い衝撃を受けた。個性が認められた状態が「多様性の在る社会」と聞いたのだが、流行なのか「個性的」で済むところにも「多様性」があてられる。あんまり使い過ぎると、言葉の意味が薄まってしまい、いつの間にか何が何だか分からなくなりそうで怖い。

私にとってのつむじは紛れもなく、他人とは違うという輝ける「個」だった。「個」の視点は間違いなく「自身」にあると思っているが、多様性の「多」が持つ視点はいったいどこに在るのだろう。とにかくこの言葉に出会ってからずっと、うずうずもやもやしている。

常々、自分の物差しで生きていたいと思っている。たとえつむじが人より多かろうと、頭の中は自由でいっぱい。好きなことを好きなだけ考えていられる私のオアシスだ。

ただ、「気が強い」と言われてもピンと来ないのだが、「頑固ですね」と言われると心が揺らぐ。

もしかして、と思う。

（2022年2月3日 日本経済新聞夕刊）

キラキラの日々

五十三歳の誕生日に、アルトサックスを習い始めた。楽器を持つのもまともな楽譜を見るのも初めて。初日、ドは「どこ？」のドだった。

音大を卒業した知人には「本気ですか、今ごろ楽器を始めてどうするんですか」と問われたが、そんなことはわたしにもわからない。

誕生日、楽器屋さんの前を通り過ぎる際、やたらと光る金色のサックスを見て目を奪われたのだ。

そして、たまたまお店の前にいたサックス講師が、若くてとても美人だったことも、大きな要因と思われる。

「ご興味ありましたら、いかがですか」

三十分体験学習があるという。そりゃいい、と早速楽器に触らせてもらったのだった。マウスピースにリードをつけて、リガチャーのネジを締める。さあこれに息を吹き込めば大きな音が出ます、と言われてその気になった。

それ、と息を吹き込めば、確かに出た。それがドなのかミなのか知らないが、予想を超えた大きな音だった。

思うように進まぬ仕事や、体調不良。おそらく大声で叫びたいくらいのストレスが溜《た》まっていたころのこと。呼吸も浅く、なんにつけイライラする日々は、キラキラに弱かった。

楽器店で講師を務める美人先生は、音が出せたといえば喜び、楽譜が読めたといっては感激してくれた。所帯やつれのオバハンでも気持ちが高揚するのだから、おそらくどんな中年オヤジもイチコロだ。

技術の習得には多少時間のかかるタイプだが、辞めないことには定評のあるわたくし。四年目を迎えて、まだ続いている。加えて、一曲につき半年脇目も振らずに頑張ればその曲に聞こえなくもない、というところまでは上達した気がする。

「テイク・ファイブ」は運が良ければ最後までたどり着き、「色彩のブルース」は、ピアノ伴奏カラオケと同じところで演奏が終わる。「メリーさんのひつじ」

は聴かせるレベルだ。

なかなか上手《うま》くならないことで続けられるものもあるのではないか、と最近はそんな境地に達しているのだがどうだろう。人間、考える方向によって明日の方角も変わってくる。

ポジティブとはこんなときにつかう言葉ではないか。

老境の趣味のいいところは、この先なにかになろうという壮大な計画を持たずに済むことかもしれない。幼い頃にあこがれたものに、ちょっとでいいから触れてみたいという、夢のかけらを思い出すひとときが、この世代を金色の楽器ほどに光らせることもあるのだ。

曲当てクイズが出来るくらいには上達したところで、「ゼロの笑点」と題する動画を撮ってみた。演奏した曲は笑点のテーマだ。録画してあちこちに送ってみたら、高めの世代からは少しウケた。

「彼は……」という題で、夫がそっぽを向く映像に音のずれた「枯葉《かれは》」を被《かぶ》せたときは、「気の毒だからやめてあげて」という反応が大半だった。

ぽつぽつと、周囲から「わたしも何か、やってみようかな」という声が聞こえ始めたのは嬉《うれ》しい。なんでも楽しんでやってみるものだ。なにか始めることに、遅いことなんてない。とりあえず、大声で言ってみる。楽しいのだからいいではないか。笑える日々がいちばんです。

（２０２２年2月10日 日本経済新聞夕刊）

もらわない勇気

父の借金の都合で、生まれ育った街を一度だけ離れたことがある。小学校一年生のときだった。

引っ越しはなぜか夜で、行った先の家にはまだ住人がいた。「なぜここにいるんだ」「聞いてない」といった真夜中に繰り広げられる大人たちの問答は、けっこうスリリングで面白く、かつ鮮明な記憶として残っている。

たどり着いたちいさな温泉町で、父はアキアジの密漁以外ではあまり外に出たがらなかった。幸い母は理髪師だったので、道具さえあれば日銭が稼げる。持つべきものは手職のある女房だ。

父も母も、自ら食料品の買い物をするということがなく、道路の向こうにある食料品店にはメモを片手に七歳の私が行くのが常だった。

年がら年中アキアジとイクラが出てくる食卓は、今ならいい酒の肴《さかな》にもなろうが、小学校一年の子供にとってはさびしい記憶だ。

夜になってから渡される買い出しのメモには、値段が下がったものを買うように、という指示が。手には岩倉具視のお札が一枚。

家を出るとすぐ横に、観光客相手の「カニ販売店」があった。毎日夜になってから、お店の残りものを買いに行く小学生を不憫《ふびん》に思ったのかどうか、ある日カニ屋のおじさんが手招きする。明かりの下へと行けば、何も問わずに「これ、持っていきなさい」と大きなタラバガニを渡された。

喜んだのは父と母。

思わぬごちそうにありついて、珍しく笑顔の夕食となった。

その後も夜のお使いに出るとき、帰ってくる私をカニ屋のおじさんは待っていて、既に新聞紙に包んだカニを渡してくれた。がしかし、二度目、三度目となると、幼いながら心苦しくなってくる。

四度目となるともう、親が喜ぶという理由ではカニをもらえない。私はおじさんの手招きが見えないように下を向いて販売所の前を通るようになった。自意識過剰だが恥ずかしいのだから仕方ない。カニの季節が過ぎて、販売店が閉まったときは心の底からほっとした。

昨今、誰が言い出したか知らないが「元気をもらった」「勇気をもらった」、という表現をよく見るし聞く。自身がそのような理由でお礼を言われることもある。

ちょっと待て、とそのたびに思う。私の脳裏を、五十年前のあの大きなタラバガニが横歩きで通り過ぎる。

そして、通りがかりのカニは耳元で「もらった元気で勇気を得るより、湧いた勇気で元気を手に入れろよ」と囁《ささや》いて去って行くのだ。

カニに教わる人生哲学。

「元気と勇気」は自分の内側から湧いてなんぼの無形燃料なのだな。元気と勇気を「もらう」という言葉が生まれた背景には、責任の所在を曖昧にすることで面倒を回避しようとする昨今の世情もあるのだろう。

おそらくどこにも悪者がおらず便利な使い方だったのだ。なので、場所が許すときは「その元気は、最初からあなたの中にあったものですよ」と応えるようにしている。

カニ屋のおじさん、当時はろくにお礼も言えませんでしたが、ご親切は半世紀経《た》っても覚えています。お陰様で恥を仕事にする術《すべ》も得ました。

手招きには気づいていました。あの失礼な態度は、貧乏人の子供が己に課したギリギリのプライドだったんです。

ごめんなさい。


（2022年2月17日 日本経済新聞夕刊）

サクラギ秘宝館

新しい落款

書道の師匠に、落款を作ってもらうことにした。シャイな師匠はこちらの好みをたくさん聞いてくれたが、そこは芸術家なのでご自身の好みは一歩も譲らず。

出来上がった白文（白抜き）の落款に朱肉をべったりとつけて「えいやっ」とひと捺《お》し。

「師匠、ちょっと字が細いみたい。ざらついた紙だとバシッと捺ささんないかも」

師匠にっこりと微笑み、数日後。

「このデザインは、もう出来上がっているものなので、同じので朱文にしておきましたよ」

なんという贅沢な落款。同じデザインで、白文と朱文（逆）がある。

訊《たず》ねるわりには譲らない、シャイだが頑固な師匠の作品。とても気に入っている。

終活フェア

誰が名付けたか「終活」。なんでも縮めればいいというものでもなかろう。

先日「資産運用&終活フェア」の基調講演にて偉そうに語ってきた。どちらにも興味のない筆者が言えることなど知れている。とりあえず挨拶代わりに「資産運用はお金のある人しか出来ないし、終活も元気な人しか出来ないと思うので、ここにはお金があって元気な人が集っているという前提でお話しさせていただきます」と言ってみた。

MCが振るジャブのような会話の折、父親（ギャンブラー）のエピソードを訊《たず》ねられたので「数年前、知らないうちに仏壇を燃やしてました」と言ったら、会場がどよめいた。会場の隣には「お仏壇相談」のブースがあったので、もしかしたら営業妨害になっていたかもしれない。

娘ふたりしかいないので、仏壇を遺すことを断念した、というのが表向きの理由。実際のところは、娘たちがあまりにも自分の語る夢（成功が見込まれない商売の話）に冷たい態度だったので、その腹いせであろうと思われる。常々「骨堂を買った」とその金額ばかり自慢する実父の信心深そうな態度を疑っていたので、まあこれは想定内の出来事だった。

意外だったのは「自分史を書きたいみなさんにひとこと」と言われたときにメモを取り出した方がちらほらいたことだ。自身の歴史を書き残してからお墓に入りたいと思っている人が少なからずいる、ということか。

ここはありきたりなことを言ったところで、なんのアドバイスにもならぬと思い、普段感じていることを正直に言ってみた。

「自分史の読者は、おそらくご自身が亡くなったあとも生きてゆかねばならぬご遺族。書き残しておきたいことのあれこれは山のようにありましょう。生きているときと同じ、自慢話ばかりしていると陰で笑われるし、多少の自虐ネタも必要かと思われます。

ただ、もしもご遺族が笑えない話が入っているとしたら、それは運用の利かなかった資産に似ているような気もいたします。なので、どうせ書くなら恋愛話ひとつとっても『吉永小百合か嫁にするかかなり迷った話』にしてみてはいかがでしょうか。あくまでも読者はご家族です。

虚実まぶして笑わせたあと、そっと大切な一行を。

おいおい、どこまで本当なんだよと、娘や息子に笑って泣いてもらえるのがいちばんじゃないでしょうか」

そうして書き残したものは「自分史」であってもなくても、いち人生と銘打ったユーモアに姿を変える。

「墓場まで持っていく話は、自分と一緒に燃やしてもらいませんか。私もそうします」と言ったらなぜか女性参加者が「うんうん」と頷《うなず》いていた。

さて「終活」とはなにかなと、終了後改めて考えてみた。おそらくもう少し時間が経てば、別の呼び名が出てくるのだろうけれど。

「自分が生きていた時間を周りに喜んでもらうためにできる前向きな行動」

こんな風に考えると、なんとなく「終」の字も「つい」と読めてくるから不思議だ。

会の終盤、抽選会があった。参加者ナンバーが書かれた紙を抽選箱から引く役を仰せつかり「それ」と開いたらば、

「333」

「実家の父が最も喜ぶ数字です」と言ったら、なぜかそこがいちばんうけた。


（2022年3月3日 日本経済新聞夕刊）

北海道の馬の骨

NHKの大河ドラマ「鎌倉殿の13人」が面白い。歴史オンチの私にも、源平の関係が分かる。登場人物の人間臭さに笑い、滑稽さの中にある人の世のかなしみを感じるのに、時代は関係ないのだと思いながら観ている。どんな時代に生まれても人間は「人間のすること」をする。

現代を生きる人にも「先祖が某《なにがし》」という自慢を許す歴史上の人物というのは、

偉業の大小にかかわらず、子孫に与えたものが大きいのだろう。

わたくし、生まれも育ちも北海道。先祖というものから遠いところで生まれ育ったので、歴史にはとんと興味もなく生きてきた。正直、自分が誰の血筋で誰が何をしたのか、まったく知らない。

これを言うと驚かれるのだが、祖父母以前が何を生業《なりわい》にしていたのかも知らない。その祖父母も自分たちのことをほとんど語らなかった。

北海道を舞台にして書くことが多いので、この土地を理解してもらうのには、ちょっと工夫が必要だ。ひねり出した一行が「初代が嘘をついたら、その嘘が歴史になってしまう土地」だった。開拓三世にとって初代とは、祖父母のこと。いないわけはないのだが、先祖を知らないということは、今の自分にとって、ないのと同じ。興味がないということは、漠然とした感謝は持ちつつも、いずれ忘れ去られるという結末が待っている。

大事にしなくてはいけない記憶も、歴史も、この世の精神的遺産というものが「興味」を基盤に受け継がれてきたことを、資料と想像と技術によって作り上げられたドラマで知る不思議。こう書くとなんだか、忘れるということがとても罪深いような気持ちになる。

そういえば以前、家紋を訊《たず》ねられたことがあった。知らないと答えると、怪訝《けげん》な顔をされた。聞けば内地の人たちは、家紋で先祖が、生まれた場所で身分が、果ては名字でとんでもない過去まで血筋を知ることが出来るという。

つまらない諍《いさか》いの果て、最後は家紋の上下で溜飲《りゅういん》を下げたと聞いて「え、そこにいるアナタは何者？」と問いそうになった。

「家系、家紋、屋号、本家、分家」は、私にとって「犬神家の一族」でしか知らないファンタジーだ。

若い頃、横溝シリーズを見ながら「なぜこの人たちは、働きもせず親の遺産と氏素性にこだわるのか」と思っていた。逆に、生まれ育ちが大切な人にとっては、刀より火、プライドより水を大事にしてきた我々のことが「珍しい生きもの」として映るのかもしれない。

残念ながら家紋はないが私はここにおり、先祖を知らないまま惚《ほ》れた男の名字になり、伝えるほどの家系を持たない子供を育てた。

知人は、道外の女性の実家に結婚の許しを請いに行った際、「どこの馬の骨」という言葉を生まれて初めて生で聞いたという。人間の骨で生きてきた男に馬の骨はないだろう。馬に謝れ、と言ったかどうかは聞かなかったが。

親がこんな風なので、子供たちには好きなら誰と付き合ってもいいと伝えてある。好きな人もいない人生のほうがよっぽど残念だ。どこの馬の骨かを問われたら「北海道の馬の骨」と答えればいい。

それでも、と言われたら、かあちゃんがひとこと「失礼ながら」と訊《き》いてやるよ。

「お宅に、都合のいい嘘を書き残した先祖はいませんか」と。


（2022年3月24日 日本経済新聞夕刊）

子育てパラダイス

子供をふたり産んだ。いずれも成人しており、自身の生活を謳歌している。男女ひとりずつ五歳離れているので、まるで一人っ子がふたりいるようなのんびりとした子育て時間だった。

きょうだい喧嘩《げんか》というのを見たことがないのは、親として本当に幸福だったと思う。

私は子育て中、周りと上手《うま》くやろうとか、公園デビューとか、ママ友がどうのという問題をことごとく捨ててきた変人だったが、母の時間は思いのほか楽しかった。

まず子供たちには「とにかくお母さんを笑わせなさい」と命じながら暮らした。夫が単身赴任中は「時の権力者」を謳歌したものだ。母親は「ルール」が大好きなので、すぐに自分に都合のいい決まり事を発布する。

「今日から、晩ご飯を食べるときは面白い話大会にしよう」。なんということはない、お母さんがウケる話が出来たら、一話につき百円もらえるのだ。基準はあくまでもお母さんがウケるかどうか。

これを天下と言わずしてなにが天下か。一か月も経《た》つ頃には、だいたい母親の笑いの傾向が掴《つか》めたらしく、組み立てが上手《うま》くなっていた。

「登校のとき右肩にカラスをのせて歩いているおじさんがいた」で、「それいいねえ」と返せば、「下校のときは、両肩にのせてた」とくる。

「う〜ん、惜しい」、翌日はリベンジが入るので、こちらも構える。

おそらく最優秀すべらない話は「全校生徒のなかで、ゴム長靴で登校しているのは俺だけだった」と記憶している。

毎日がそんなライブなので、不機嫌が許されなかったのは気の毒だった。ご飯くらい笑いながら食べようという母なりの策であったが、思春期の子供たちに笑いを要求し続けるのもどうだったのか。

バカをアピールする兄を見て育った娘のほうは、ポジション的にも甘えの多い哲学者だ。高校を卒業するまで、その生意気さを利用して、本になる前の原稿チェックをさせていた。もちろんバイト代は払う。一冊につき五千円。笑い話を考えるより効率がいいと思ったのか、けっこういい相棒だった。

「お母さん、ここの一文をこっちに移したほうが分かりやすくていいと思う」

勝ち誇った幼い顔が、懐かしいくらい遠くなった。

ひきつけを起こして救急車を呼んだりはしたけれど、大きな病気も怪我《けが》もなく育ってくれた。いま、ふたりとも自分の稼ぎで暮らしている。月々の生活は苦しいだろうが、一度も金銭的に頼られたことがない。

悩み相談はお父さんにするので拗《す》ねていたら、「オカンに話すとネタになる」せいだと知り反省した。過去のエッセイで、息子のテスト答案をネタにしたことをまだ覚えていたようだ。母は、五大栄養素に「ビタミンＡＢＣＤ、コラーゲン」と書いたのが我が子で喜ぶ物書きなのだ。

その息子も、日々の食事は野菜と魚と肉のバランスに気をつけているというので安心している。

いまの決まり事は「自由は稼いで得ろ」。

自分の「塒《ねぐら》」だけは大切にしなさいよ、と。この時代において、それがどれだけ覚悟と根気の要ることかも理解している。

健康と思い出が金で買えないことを教えてくれたのも、子育て時間だった。

成人した彼らと飲む酒が、いま最高に旨《うま》い。

（2022年3月31日 日本経済新聞夕刊）

心地よい明るさ

玄関の壁に、フクロウの絵を飾っている。聞けばフクロウというのは、人間の何倍も夜目が利くそうな。人間にとっての真っ暗闇も、彼らにとってはちょっと薄暗い程度だという。

日中はさぞ眩《まぶ》しいことだろうな気の毒に、というのは人間側の勝手な同情だ。

なんでも人間を基準にして可愛《かわい》いとか獰猛《どうもう》とか言っていると、手痛いことになるぞ、といつも思う。

流氷の天使と呼ばれたクリオネも、透き通った体でひらひらと儚《はかな》げに泳ぎ人間にとっては可愛く見えたっけ。しかし、ひとたび頭をパカッと割って捕食する映像を見て、震撼《しんかん》した記憶が。

人間の基準では測れないのが自然界。その自然の中で命を泳がせる、我々もまた自然の一部だ。

クリオネのように可愛いという基準で語られたことはないが、「明るい・暗い」という言葉で括《くく》られることはままある。小説を書いて生計を立てているので、書いたものをいかように読まれてもいいのであるが、比較的「暗い話ですね」と言われることが多い。

「今回は明るいお話ですが、なにか心境に変化でも」というのもある。

いや、ちょっと待ってくれ。そもそもその「明るい・暗い」って何なんだ。

そういえばひと昔前に「ネアカ」「ネクラ」という言葉が流行って、あのときは概《おおむ》ね、人物評価に使われた言葉だったような。

困るのは、実際にお目に掛かったときに「書いているものとは逆に、明るい方だったんですね」と言われることだ。

ということは、実際に会うことのない読者にとってわたくしという書き手は「暗い」と思われているということか。

いやいや、もうちょっと待ってくれ。その明暗の基準は、いったい何で、誰なのだ。いい年をして今さら誰かの基準にはまりたくなどないぞ。居るなら出て来い、標準人間。

書くものの割には明るい人だ、と言われるたびにフクロウを思い浮かべる。これでも、自分にとって心地いい明るさと場所で生きてきたつもりでいる。どう見えたとしても、私にとってはこれが標準。

おそらく誰の心にも、心地よく暮らせる照度の部屋がある。自室で、職場で、酒場で、みんなそれぞれ心の調光器を使って生きてはいないか。その場に合った明るさも、長くいれば目が疲れる。心も同じなのだと考えたくはないか。

自分は明るい人間なので、あなたの書くものは暗くてわからない、と言われても「いいですいいですイーデス・ハンソン」とお応えしている。

こちらは書くことで自身の部屋をさらし飯を食っているわけで、見える見えないはもう好みの違いであって、誰が悪いわけでもない。

ただ「共感出来ないんです」と言われたときは少し言葉を選ぶ。小説はおそらく人の辛苦を書くものだ。自分とは違う、あるいは似た辛苦から微《かす》かな光を感じ取ってもらえれば、と祈りつつの作業。

共感などすぐしなくてもいい。言い切るには理由がある。正直、共感は遅発性の感情だと思っている。ふと気づいたときに思い出してはしみじみするもの、というと伝わるだろうか。共感を想定して書くという傲慢は避けたい。

他人の辛苦を見たり読んだりして、すぐに立ち現れる感情は同情だろう。共感と同情の区別くらいは、すっきりと出来る大人になりたいと思っている。

（２０２２年４月７日 日本経済新聞夕刊）

サクラギ秘宝館

サックスとカホン

　五十を過ぎてから、つまらないことにイライラすることが増えた。元来、ひとの言うことをまるごと聞くのが苦手ゆえ、型にはめられると発狂しそうになる。

　好きなときに好きな場所で、自我全開の大声で叫びたくなること多々。

　楽器屋さんの前を通りかかったとき、キラキラと輝くアルトサックスを見つけた。三十分の体験入学、そして楽器購入。

　息を吹き込めばびっくりするような音が出る。音とリズムを外したら、屁より恥ずかしいことも覚えた。

　以来、大声で怒鳴るようにしてサックスを吹き、イライラしたときにはイライラの先を殴るように、カホンを叩きまくっている。

欲しいのは、理解

東京が桜満開のころ、札幌にて「カルーセル麻紀さん傘寿ハッピーイヤー」のトークイベントが行われた。

お祝いにかけつけたミッツ・マングローブさんとの軽妙なやりとりを、壇上の末席で聞いていた筆者。

プラチナヘアとオートクチュールドレスのベストマッチ。なんだか夢の中にいるような気分で、御年八十歳のマシンガントークを聞いていたのだった。

八年前初めての対談の後、「取材なしで、あなたの少女時代を書かせてください」とお願いした際、彼女は理由も聞かずに「いいわよ、とことん汚く書いてちょうだい」と言った。

好きに書いていいと言われたので、本当に好きに書いた。取材をすればご自身のことを面白おかしく話してくれたと思う。おそらくそれが、カルーセル麻紀流のもてなし方だったろうから。

ただ、小説家は聞いたことをそのまま書くことが出来ない生きものだ。言葉の裏側を探るくらいなら、虚構をまっとうしていっそ聞かずに書くのが、一家を成した人への礼儀だろうとも思った。

いつ殴られてもいいと覚悟して書いた小説は、いまのところマイベスト。作中、冴《さ》えない幼なじみが出てくるのだが、釧路北中学校の二十三期後輩の私が同級生になれるのも、小説という虚構のおかげだったろう。

書きながら思ったのは、この世には人の運命を変える人間がいるらしいということだった。おそらく本人は自身の繊細さを隠し、生きたいように生きて見せているのだろうけれど。

他人と比較することなく己を全うする生き方は、不思議なほど関わった人の意識を変えてゆく。

言葉を選ばずに言うと、長い芸能生活というのは、人を楽しませるために存在してきた「生きた虚構」の時間だったのではないか。だからひっくり返し、虚構で打ち返すようにして書くしか、人間カルーセル麻紀は見えてこなかった。

闘ってきた相手が時代でも世間でもなく、自身の内面であったこと、ここ数年で少しは書けたのではないかと自負している。

イベントの終盤、客席からすっと手が挙がった。筆者と同年代の女性だった。娘さんが同性婚をして、精子提供を受けたのち五月に孫が生まれるとのことだった。

知ったときは三日間寝込んだのだが、いまは一緒に赤ちゃんを見守り育てて行こうという気持ちになっているという。文章にすると数行だが、ここには人の世の苦悩が詰まっている。

ミッツさんが「母親って、やっぱり三日寝込むのねえ。ウチもよ」と仰った。そして、静かな客席に向かって静かに説いた。

「非難する人を非難するんじゃなくて、いろんな人がいることを認めあっていきたいものよねえ」

欲しいのは、理解。

理解には尊敬がある。

理解するためには、考える頭が要る。

その頭にこそ柔らかな感性とフラットな教育を、と思う。

戸籍の性別変更者を公にして、自身と世の中を笑い飛ばしながら八十歳までやってきた人がいる。

自身で性別を選べるようになってから、二十年近い月日が経《た》とうとしている。

泣かずに生きてきた人から学ぶことは多い。


（2022年4月14日 日本経済新聞夕刊）

老いては、プライドに従え

風のない夜道を歩いていると、背後に生きものの気配がした。おそるおそる振り向くと、キタキツネがこちらの様子を窺《うかが》っている。背中が曲がり、毛もまばらで、目ばかりが大きく光っていた。

「どうした?」つい声を掛けてしまう。「お前、どうした?」。キツネは答える代わりにじっとこちらを見続ける。まだ寒い夜、老キツネから目を離すことが出来ず、わたしもしばらくその場に立っていた。呼べばこちらに来るだろうか。いや、待て、そんなことをしてどうする。

こちらの戸惑いを見透かすような視線をひとつ投げ、キツネはボサボサの尻尾を揺らしながら去って行った。

キツネも自然も、対話が難しい相手に違いない。同じ人間、同じ言葉を話している相手でさえ、意思の疎通が難しいのだ。彼か彼女か分からぬが、去り行く様子から、季節をひとつまたぐのは難しいだろうと思った。

なんでも自分に引き寄せて考えてしまうのは、人の心の傲慢さだろう。例に漏れず、筆者もその傲慢さを発揮して、キツネの姿から我が父親を想像した。

今年八十四歳になる父は、まだ山師の癖が抜けず、一銭でも儲《もう》かる商売を探し続けている。若いときはさんざん遊び尽くし、借金が大好きでギャンブルには目のない男だ。

実家へ行くと、父は新しく思いついた商売を嬉々《きき》として口にする。実のない娘はその思いつきを最後まで聞いてから、勝算を導くデータの所在を訊《たず》ねる意地悪ぶりだ。

言葉に詰まる親を見て面白がっているわけではない。本気で手をつければ、確実に誰かを騙《だま》し誰かに騙されるのが目に見えているのだ。

さんざん騙されるパターンを見て育った娘が言うのだから、間違いない。人に負けるのがことのほか嫌いな男は、ギャンブルでも商売でも実によく負けた。勝敗は、闘いの数だけあるのだから仕方ない。

いずれもアイデアと資金のない方が負ける。

たまらないのは女房子供だ。いや、子供は家を出て行けるが、気弱な女房は別れることも出来ないまま一緒に年を取る。

六十年以上の長きにわたって山師の女房をしてきた母はいま、その記憶のほとんどを失いながら父と暮らしている。自分たちの生活に口を出されるのが嫌なのか、はたまた娘の厳しい口調に耐えられないのか、私が父から頼られたことはない。

たまに電話に出る母に、父がいるかどうかを訊ねると「若い女と逃げた」と、冗談とも本気ともつかないことを言う。どうやらその頃の記憶はあるらしいので厄介だ。

どんなに想像力を駆使しても、ふたりのことは正直よく分からない。どんどん深刻になってゆく妻の認知機能と向き合う男の内面も、理解するまでには至らない。さんざん苦労をかけた女房の世話をすることで、若い頃の所業が清算されるとも思わない。

けれど、どんな残念な姿を見たとしても、気軽に「どうした？」と訊ねることが出来ない私がいる。

山師の心の中には、踏んでも叩《たた》いてもつぶれぬプライドがある。厄介この上なし。意地の悪い娘の最初で最後の親孝行は、そのプライドをまっとうさせるために何が出来るかを考えることとなった。

あの老いたキツネにも、行先を選ぶ自由があるように。


（２０２２年４月21日 日本経済新聞夕刊）

戦争って残酷なもんだ

八十五歳になる姑《しゅうとめ》は、樺太からの引き揚げ者だ。

嫁に来て間もないころ一度だけ、当時の話をしてくれたことがある。

戦前、姑は昆布を原料にヨードを作る仕事に就いていた父親のもと、なんの不自由もなく育ったという。

海産資源に恵まれた土地に生まれた快活な彼女は、仲の良い隣国の友人もおり、ロシア語も日常会話なら困らなかった。ロシア人の友もまた、日本語を少し話したろう。お互いの国の言葉を持って、歩み寄りながら生活できた時代を知っている、数少ない世代である。

しかし、白樺《しらかば》の繁《しげ》る最北の大地に戦火が押し寄せ、友人がある日突然敵になった。

民家に、土足で押し寄せる兵隊から女の子たちを守るために、親は泣く泣く娘の髪の毛を短く切り、顔に泥を塗ったという。誰と何を信じればいいのか分からない時間は、北海道へ引き揚げてくるときも変わらなかった。

一家は財産をすべて樺太に残し、家族で北海道に渡る。

両親、姉、妹、弟、全員が無事樺太からの引き揚げを果たしたときは無一文だった。今日食べるものを手に入れるために日暮れまで働く日々が続いた。

引き揚げ者の貧困は深刻で、徳島から来た開拓者の家に嫁に入ってもどこか肩身が狭かったという。

「戦争ってのは、残酷なもんだ」

彼女が自身の幼い頃の話をしたのは後にも先にもこれきりだったが、たった一度ゆえに忘れられないひとことだ。

姑は次男の嫁だったが、長男がふらりと家を出てしまい、結局自分たち夫婦が農家を継ぐことになった。

早朝から牛の世話をし、日中は畑を耕し、男の子二人、女の子一人を育てた。

舅姑《きゅうこ》を看取り、働きづめで生きてきた彼女を、娘の逆縁が襲う。

生きる気力を失っても、自身の命は続く。かける言葉もないまま十年と少し経つが、姑の口から、亡くした娘の話は出ない。

離農し、家族の歴史の詰まった家を整理する際、彼女からずいぶんな枚数の和服を譲り受けた。そのほとんどが袖を通していないものだった。

鮮やかな青に鶴が舞う訪問着は、着る場所を選ぶ華やかさ。朝から晩まで牛舎と畑で働きづめだった姑は、いつこの着物を着ようと思っていたのだろう。苦難に満ちていたとしか思えない彼女の歴史の中にも、嫁には想像し得ない一日がある。いつか着物を着る日の楽しみは、あったのだ。

北海道に生まれ育てば、決して珍しくない話だ。本当かどうか、石を投げれば樺太からの引き揚げ者にあたると言われたときもある。

嫁に一度だけ語られた話だが、息子である夫は「一度も聞いたことがない」と言う。

この、当地では決して珍しくはない一生を、珍しくないゆえに語る必要をいま感じている。姑はからりとした語り口を持った穏やかな女性だが、ときどき怖いことを言う。

「人にはよくしてあげるの。何をされても言われても、よくしてあげるの。そうすれば、最後には必ず頭を下げてくれるから」

何気ない言葉に、ぞっとするような情念が詰まっている。このひとことに、私はなぜか、北の女の計り知れないしぶとさを見るのだ。

（2022年4月28日 日本経済新聞夕刊）

負けるもんか

銀座の文壇バー「数寄屋橋」のママから、ショートメールが届いた。どこを漂っているものか、姿かたちの見えぬウイルスに、身も心も疲弊している昨今。

「銀座も灯が消えたようですが、わたくしはがんばりますよ」。仕事柄とは思うが、弱音を聞いたことがない。強がりも弱音のひとつだろうが、そこは玄人の言い回し。

ウイルスは、本当にどこにでもいるのだと市井の人間が認識するまでに、おおよそ二年かかっている。夜の街へ行かなければいいというわけではないことも、身の回りをぐるり見てみればわかるようになった。長い長い二年だ。

「銀座のプライド」が、ママの背骨を支えている。かける言葉が思い浮かばないのは、物書きとしての敗北だろう。

さて、港町にあるちいさなゲイバーのお話をしたい。

二〇二〇年、コロナ禍の「禍」がわざわい、厄災という意味だと改めて知ることとなったあの年。その一文字が伝えるのは、「まだ渦中である」という事実だった気がする。禍《わざわい》も三年の初年、夏のことだった。

どこからコロナの風が滑り込んでくるかわからず、戦々恐々とする日々。不安はちいさな町の繁華街をぐるぐると回り、嫌な噂もちらほらと入ってきた。三軒隣のビルで、スタッフが熱を出した。前日はどこそこへ行っていたらしい。体調が思わしくなくても元気なふりをしなくてはいけなかった頃。

熱はおろか、咳《せき》ばらいひとつも出来ない。毎年、疲れの溜《た》まる年度末は風邪気味になっていた人も、いつもの年以上に健康に気を遣うようになった。それこそ病的にだ。

ちいさなゲイバーにも、容赦なくウイルスは入り込んだ。スタッフのひとりが陽性。

話芸の達人たちは、どんな話題も面白いものに変換できる。けれど、二〇二〇年の夏は、そういうわけにはいかなかった。いかなる理由があっても、保身のための嘘はいけない。そして彼女は、町でコロナ罹患《りかん》を公表した初めてのママとなった。

陽性の判定が出て、防護服を着た人が迎えに来る。家の周りを遠巻きに見ているのはふだん仲の良いご近所さん。

隔離中の十日間、半分の時間を、お客様との連絡に費やした。過去一週間に訪れた客の追跡は、ママの役目だったのだ。

あの日から二年近く時が流れた。戻ってきてくれたお客様もいたが、そうではないことも。いつ店を閉めても仕方ない状況が続いたけれど、昨年は開店から十周年の年だった。どんなに客足が途絶えても、十年は節目。石にかじりついて守った店に、少しずつではあるが、客足が戻り始めているという。

ママ曰《いわ》く、「あたしたちはこんな風だから、ちっちゃいときからいじめにも遭ってきたし、周りからああだこうだ言われ続けてきたの。五十を過ぎるまでずっとそれをバネにしてきた自負もあるわけ。だけどね」。

ママの言葉がそこで重くなった。「負けるもんか」が旗印だった人生で初めて、「負けたと思った」という。

その夜はお互い、これからも元気でいることを約束して別れた。

店の名は「Ａｒｅ　ｙｏｕ　Ｌａｄｙ」。今までは「女？」という意味だったはず。けれど改めて声にすれば「準備はいいか」と問われている気も。

ＧＯと答えたい。

（２０２２年５月12日　日本経済新聞夕刊）

サクラギ秘宝館

ビリケン

大阪で、タクシーの運転手さんが言った。

「せっかく大阪まで来たんやから、大阪らしいところを見てってや」

曰く、通天閣とジャンジャン横丁だという。

そうか、と翌朝さっそく行ってみた。

道ばたに、朝からワンカップ飲んでいるおっちゃんがいてビビる。ジャンジャン横丁には朝からやってる飲み屋がたくさん。

旅先だ、よし。というわけで、朝から串カツとハイボール。通天閣に上るまでの間に二軒やっつけた。

通天閣のお土産屋さんでは、大小のビリケンさんが微笑んでいた。「私を連れて帰りなさい」と言われているような気がして、いちばん大きなビリケンさんをお連れした。

日本一の太鼓持ち

デビュー時代の担当者によく「桜木さんは愚直に続けて来られて」と言われてきた。

悪い気はしないが、よい気分でもない。本人を目の前にして使う「愚直」の言葉に引っかかり続けた。

しかし、そんな些細《ささい》なひとことに不寛容な私にも、強烈赤っ恥体験がある。

ここから先は、目の玉を洗って読んでいただきたい。

拙作のドラマ化でお世話になったテレビ局プロデューサーのE田さんは、とにかくその場を明るくする天才だった。生粋の大阪人である。

ここぞ、で完璧なツッコミ、そしてボケ。海千山千のテレビマンであるから、裏の顔はどうなのかは分からない。

とにかく愉快で楽しく、気遣いに溢《あふ》れた彼を、彼の部下の前で称《たた》えた際、怪訝《けげん》な顔をされた。

「E田は、そんなに面白い男でしょうか?」

どうやら職場では気難しい男で通っているらしい。ここはひとつ、必殺仕事人である彼の仕事ぶりを部下である彼、彼女に伝えねばならぬ。捻《ねじ》れた正義、あるいは自身にも何か彼のためになるようなことが出来るかもしれないというふざけた傲慢。

いやアナタ、面白いなんてもんじゃないよ、本気か冗談か、私にだって境目くらい見える。彼は見えないいんだ、これすごいよ。

というような追い打ちまでかけたのだった。

首を傾《かし》げる部下の面々、私のお節介は否が応にも増してゆく。

映画監督や編集者が集う酒の席で、氏の仕事ぶりと職務への姿勢を称えるつもりで、言葉を選びに選んで叫んでみた。

「E田さんは、日本一の太鼓持ちだぁ!」

ドラマの原作者に対して、周囲も歩調を合わせる。その場は拍手も湧いて、いい気分だった。

とても和やかな反応にすっかり気をよくして、場を変えて二回、三回と称え続けた。そして四回目、編集者に「ちょっと」と耳打ちをされたのだった。

「桜木さん、大変申し上げにくいのですが、『太鼓持ち』は褒め言葉では、ない、かもしれません」

「え？」

日本の文化的素養、基本的教養のない人間にはその間違いがピンと来ない。間違って覚えていたとしか、今となっては言えないのだけれど。

わかったふりはするけれども、あまりしっくりと納得はしていない日々が続いた。

しかし先日、娘にその話をしたら、大真面目な顔で諭された。

「おかあさん、それって、ギネス級の金魚のフンですよね、って言ってるのと同じだと思うよ」

なんというわかりやすい例え。そうか、まったく褒めていないわ、たしかに。

太鼓持ち事件で「褒めてなかったみたい、ごめん」と謝った際の、E田さんの微笑《ほほえ》みを思い出す。

「いや、とんでもない。桜木先生にそう言ってもらえたことを、今後も心の支えにして生きて行きます」

あの笑顔は、私の知る限り最大級の大人の対応だった。

担当の使う「愚直」も、実は極上の褒め言葉だったのだろう。きっとそうだ。E田さんはお元気だろうか。今の時代ほど、大阪仕込みの彼のユーモアを懐かしく切望することもない。

先生と、呼ばれるほどの馬鹿《ばか》な我、だ。

（2022年5月19日 日本経済新聞夕刊）

心の不具合

アルトサックスを点検に出したら、見積もりで「低い音が出なくなっています」という診断が。いやいや出ていましたが、と言ったら「けっこう無理をして出していたと思いますよ」と返ってきた。

一日に一度も触らない日が三日続くとイライラしてくるくらい、その音に惚《ほ》れ込んでいたつもりだったのに。あなたのことは誰より知っているよ、と言えるくらい付き合ってきたはずなのに。

気づかなかった、ごめん。

サックスは大小の穴を閉めたり開いたりしながら音を出すのだが、しまりがないと言われたら、なにやら己のことのように面目ない気持ちに。

毎日、自分の元気を確かめる道具としても活躍していた愛器に、そんな無理をさせていたとは気づかなかった。

ふと思い出したのは、長い付き合いになる友のこと。

彼女が心を病んだとき、わたしは気づけなかった。よく話し顔を見てもいたはずなのに。ちょっと元気ないな、とか今日はずいぶん理屈っぽいことを言うなぁとか、その意見はちょっと攻撃的すぎやしないか、とか。後で思えば変化はあったのだけれども。

日々に紛れてつい通り過ぎてしまい結局、黙っていた。

付き合う相手にネガティブな発言が多くなると、こちらのやる気にも影響するので、聞き流すことが多くなるものだ。人間だもの。

これがいけなかったと気づかされたのは、彼女から「通院している」と打ち明けられたときだった。

これはおかしい、と敷居の高かった心の専門病院の扉を叩《たた》いたという。

職場の無理や人間関係で、心が破れるほど悩んでいたとは知らなかった。わたしたちは、おいそれと人を頼らない者同士だからこそ、関係が上手《うま》くいっていただけだったのだ。友人に毎度負荷をかけるような会話を好めば、その友人が最終的に困る。陰口が好きな人には陰口の得意な人が集い、やたらと人を褒めてばかりの人は自分が褒めてほしいものだ。

どちらも、心が疲弊する。

彼女がわたしに愚痴のひとつもこぼすなりして頼らなかったのは、頼ってしかるべき人としての欠落もあったろうが、これお互いの性分である。

いまはすっかり元気になって、「専門家ってのはありがたいわ」と笑っている。

あれからわたしは、自分の感覚と日々の観察眼を疑うようにした。

さしのべる手などおこがましいと思っていることの傲慢さを、少しだけ引っ込めた。

見えてきたのは、自身の愚かさを認めるということだった。自分の健康すら把握できないわたしが、何をできるわけでもないけれど、普段がまん強いひとがしおれていたら、「調子悪いの？」と訊《たず》ねることくらいは出来るんじゃないのかと考えを修正した。

楽器だって、本当は正直に訴えていたはずなのだ。低音を出すのが苦しいのですが、と。心だって、気持ちだって、たくさん使えば疲れる。不具合が起きれば、生活に支障が出る。楽器ひとつとっても、だましだまし音を出し続けてくれることに、甘えてはいけないのかもしれない。

生真面目に反応するあまり、安定を欠いた楽器を心に抱えた本人も周りも、つらい。

わたしも自身の鳴りが悪くなったら、迷わず専門家のところへ行き、修理と調整をお願いしよう。反省を生かすために、生きているのだ。


（2022年5月26日　日本経済新聞夕刊）

大人の成分表示

友人のお姑《しゅうとめ》さんは介護施設に入所しているのだが、他人には見えない人と仲良しで、よく話をしたり一緒にお茶を飲んだりしているという。

しかし最近その人と折り合いが悪いらしく、口喧嘩《げんか》をするようになった。

その話を聞いていた私はすかさず「その相手って、誰にも見えないいんだよね」と友人に念を押す。

「嫁の私にも息子にも、介護施設の誰にも見えない」

彼女は涼しい顔で答えた。

困ったのは、口喧嘩をしているくらいならまだ良かったのだが、杖《つえ》を振り回して戦い始めたことだった。

「本人はただ怒ってるもんだから、喧嘩の原因もつかめないし、なにより相手も杖を持ってるらしくて、それを使ってチャンバラ状態なんだよ。前頭葉がちっちゃくなってて、言いたいことも我慢しなくなっちゃって」

お姑さん、加えて病院の待合室では大声で放送禁止用語を連発する。

「周りはみんなびっくりするんだけど、本人が楽しそうで止められないんだよね」

そんな彼女とお姑さんを見た職員さんが、真面目な顔で慰めた。

「かなりご興味あったのでしょうけれど、ずっと我慢なさっていたんだと思います。このご年齢の方にはよくある現象なんですよ」

周囲の人がみな振り向くのが楽しいようだ、と友人。

それなら別に放送禁止用語でなくてもいいのでは、というのは私のつまらない同情。

そして今日、お姑さんが険しい顔で男性職員を指さし言ったのだそうだ。

「お前あいつと付き合ってるだろう。みんな知ってるんだからな」

いつかこんな言いがかりが来ると思っていた彼女は、用意しておいたひとことを、待ってましたとばかりに言ってみた。

「お義母さん、ごめん魔が差しちゃって。○○さん（夫）には黙っててちょうだいね」

やっぱりという表情のお姑さん曰《いわ》く、

「いや、ぜんぶバラす」。

文章にすれば笑い話だが、現場は次々に漏れ出てくるお姑さんの「裡《うち》に眠っていた積年の我慢」を100％受け止めるため格闘している。

「介護費用かかるけど、お金もらわないとやっていられないことっていっぱいあるって分かるんだ。おむつ交換も、お風呂も、ご飯も。子育てみたいには終わらない。だから頑張って働かないと」

そんな話を聞いた翌日に、若い編集者から子供たちの写真つきの近況報告が入った。

「保育園で、仲良しさんと喧嘩をしたらしくて、おでこにおおきなたんこぶを作って帰ってきました。おもちゃの取り合いだったらしいです。お互いまったく譲らないそうなんですよ」

ぽっこり腫れたおでこが懐かしくも可愛《かわい》い。

今日喧嘩した相手といつの間にか遊んでいる幼児、誰にも見えない相手とお茶を飲み、喧嘩をし、ときには杖でたたき合う老人。双方を思い浮かべ、ハッとする。

みんな、ぜんぜん孤独じゃない！

いま、なにか分かったような顔をして分別をまとい常識を杖にして歩くわたしも、いつの日か無意識の我慢が噴出する時がくるのではないか。

大人でいるには、多少の孤独にも耐えねばならず、我慢が必要だ。せめて日々の憂さはこまめに晴らすとするか。


（2022年6月2日 日本経済新聞夕刊）

サクラギ秘宝館

ぶら下がり健康器

五十肩で一年間泣いた。寝ても覚めても痛い。「前ならえ」は苦手なのでもともとやる気もなかったが、挙手はおろか、風呂で背中も洗えない。我慢ならず、整体に駆け込んだ。「そろそろ、リハビリに入ったほうがいいですね」のひとことに、どんなことをすればいいのかと問うた。

「ぶら下がり健康器なんか、いいんですよ」

さっそく最安値八千八百円のぶら下がり健康器をネット購入。

あれから毎日、トイレへ行くたびにぶら下がっている。筋力の衰えと、やる気と、己のふがいなさと、後まわしにしていた仕事などが一気に体を駆け巡る。リハビリとは、この上ない修行の時間である。

推し詩人のすすめ

ずいぶん昔のことだが、現代詩を書いていた。

時代と対峙する気構えが弱かったせいなのか、それとも己を掘る作業を怠っていたのか、どうにもこうにも、詩で何かを表現出来る人間にはなれなかったのだが。

発表する場も持たず書く側にも立たなくなり、心のざわつきもおさまったらしく、最近はしみじみと先人が残した良い詩を読み返している。

実は、好きな詩人を並べるというのは、頭の中身を覗《のぞ》かれるくらい恥ずかしいことでもある。それぞれの生きるかたちと同じくらい、好きな詩人は人によるのだ。

好きなアーティスト、好きな映画監督、好きな作家。まったく馴染《なじ》みのない言葉なので使ったことはないのだが、最近は「推し」と表現するらしい。

「サクラギさんの推しは誰ですか」と訊《たず》ねられて、「近所のマッサージ店」と答えたら、会話が続かなくなった。指圧の話ではないのだった。
時代とともに、知らない言葉が増えてゆくのは、こちらのアンテナが錆《さ》びているる証拠だろう。

この国にプロの詩人というのは何人もいないと聞いたことがあるが、詩人はほとんどが言葉のプロである。その矛盾について心を整理しきれていないのが恥ずかしい。

なので常々、音楽家、芸術家、作家、みんな「家」が付くのに詩人が「人」なのは何故だろうと思っていた。

結果、言葉を削《そ》いで削ぎきったところに真理を見つけてゆく場所には、雨風をしのぐ屋根や壁、自分以外の柱は不要なのかもしれないと思い至った。

若い頃に同人誌の先輩によく言われたのが「詩心のない小説は駄目だよ」だ。

詩を書けなくても、詩心は手に入れたい。

詩心とは、長短にかかわらずその文章に隠された本質を見抜く力、表現する力のことだと思っている。赤裸々とリアルは違う。そこのところを言語化出来るのが、詩心ではと思うのだがどうだろう。

問う答える、問う答える。

そのやりとりをひとりで引き受け、そしてひとつの真理をまるで背開きのように読者に提示するとき、詩人が誕生する。問答から目を背けるのは、考えることの放棄なのだ。

見渡せば混沌と閉塞感に溢《あふ》れる時代。いまこそ詩を読むときが来たのではないか。筆者が好きなポケット詩集の帯文には、「昔の少年は詩をよく読んだものだ。それも、とびきり上等の詩ばかりを、だ。そしてよく考え『足る』を知った」とある。

足るを知るというのは、恥を知るということでもある。「推しの詩人」を持つとき、ほんの少しでも大人に近づけると信じたい。

詩は、言葉で人を殴ることができる。それだけの覚悟を持って書かれたものに折々触れながら、よく研がれた言葉に殴られ続けたいと思う。

大人になるために。

若い書き手の、詩をベースにした小説集の帯文を依頼され「人は言葉を食べ、涙をのんで生きている」と綴《つづ》った。

けっこう気に入っている。


（2022年6月9日 日本経済新聞夕刊）

恋しかなかろう

先日、釧路川の河畔にあるちいさなご飯屋カウンターで出会った、T子ちゃんのお話。

すかーっとビールジョッキを飲み干す彼女は三十二歳の美人さん。耳で揺れるパールのピアスと、その飲みっぷりの良さに見とれながら、横浜から釧路へと移り住んだという彼女の話を聞いた。

六月だというのに、川岸の気温は一〇度前後。道東を出てから二十年「こんなに寒かったっけ」のこちらもトラベラーだ。

「北海道に住みたかったんです」と彼女。さあどこにしようかなと、旅をするたびに考えていたそうな。横浜の暮らしも悪くはなかったのだが、恋をするたびに自分の中の何かがすり減ってゆくのを止められず。

「わたし、失恋と旅はワンセットなんです」と豪快に笑う。

なるほどそんなサイクルもあるのかと、彼女の清潔な色気というか、どこか穢《けが》しがたい横顔を眺めていた。

時はコロナ禍、緊急事態宣言の間隙を縫って二〇二〇年の晩秋、釧路空港に降り立った彼女。もちろん失恋後。なぜ釧路だったのかと訊《たず》ねれば「私、桜木紫乃のファンなので」と返ってきた。

え？　嬉《うれ》しいけどここで呼び捨て？　もう少しで口の中の芋焼酎を吹き出すところだったが耐える。

彼女はどうやら、私が桜木とは気づいていないようだった。確かに、世の中に出回っている写真は若い頃のものだったり、化粧が濃かったり眼鏡が違ったりするが。髪も短くして、白髪対策として金髪だしすっぴんだが。

桜木紫乃の小説を読んだことがあるかと真剣な瞳で問われて「うん」と頷《うなず》く心の弱さ。こういう場合になかなかこちらから言い出せないのは、虚栄心なのか卑屈なのか。

彼女が傷心旅行に持って来たのはすべて桜木小説。ひとり本を開きながら酒をちびちびやるつもりで入ったお店の青年店主と気が合った。

「いま、映画が公開されてますよね、僕は明日観に行くんです」と店主。

旅先を舞台にした映画も悪くないと思った彼女は、翌日店主と映画館へ。「ホテルローヤル」(軽く宣伝)を観《み》たあとは、ローヤル跡地&映画のロケ地巡り。映画の感想、お互いのあれこれを話しているうちに、お約束のように、切ない感情が降ってきた。

旅先、小説、映画、酒、そりゃもう恋しかなかろう。

空港まで送ってくれた彼が、「僕、絶対にあなたを幸せにするから」と言った。

話を聞きながら名乗るタイミングを逃し続けている筆者も、自身三十五年前の恋を思い出しぼろぼろと涙が流れ落ちた。そんなひとこと、二十年以上小説書いてるけど一度も綴《つづ》ったことがない。

そのとき、カウンターの中から申しわけなさそうに店主が出て来て、頭を下げ言ったのだった。

「桜木さんすみません。すぐ気づくと思ったんですが」

勘違いとすれ違いの会話になかなか割って入ることが出来ず、彼のサプライズは不発に終わった。

やっと名乗れてほっとした小説家の、情けない顔をご想像ください。

移住して一年半、聞けば彼女はもう少しでこの居酒屋の女将さんになるという。

頼まれた色紙に書いたひとことは、

「幸せへようこそ」

（２０２２年６月23日 日本経済新聞夕刊）

サクラギ秘宝館

札幌弘栄堂書店パセオ西店

デビューからずっとお世話になっていた本屋さんが、次々と閉店した二〇二二年。

二十六年間の書店員生活で、一度もサイン会をしたことがないと文芸担当の坂《さか》さんが言った。

「そんじゃあ、いっぺんくらいやったろうぜ。これは前に進むイカヅチだぁ!」

立地的にもイベントの難しかった書店での、押しかけサイン会だ。さぞ迷惑だったことだろう。やるからには、自分の本くらい売り切るべし。出版社の垣根なし、おひとり様何冊でもオッケー。一日であんなにたくさんの本にサイン出来たイベントはかつてなく。お客様に喜んでもらうことの源流を見た一日。

記念写真は全員マスク。だけど笑顔。

彼女たちの笑顔のために

信号待ちで、運転席の前をさっと横切ってゆく自転車に目を奪われた。頭を美しい布（ヒジャブ）で覆い、同じ柄の洋服を着ている女性だった。黒っぽい布に緑の縁取り、キラキラと輝くビジュー。ついつい見とれるくらいの颯《さっ》爽《そう》とした姿で、自転車を漕《こ》いでゆく。

きっとあのスタイルは彼女も気に入っていて、周りにも褒められているんじゃないかと想像した。おしゃれは世界共通のものなんだと、改めて気づいた日だった。

自慢じゃないが、服装オンチだ。新刊インタビューの写真撮影で担当編集者の眉が歪《ゆが》んだのを何度も見た。センスは、ない。どうにもならない。というわけで、札幌在住のスタイリスト、サチコさんに写真撮影の際の相談をするようになった。今まで想像もしていなかった色とデザインの洋服を用意してもらい、多少怯《ひる》みながら着ている。

知り合って間もなくのことだった。「こういうこともやっているんですよ」とＹｏｕＴｕｂｅ動画を教えてくれたのが「車椅子ドレス」だ。普段着でインタビューを受ける車椅子ユーザーの若い女の子たちは、とてもおしゃれで前向き。

「車椅子だからこそ、おしゃれをしたい」と答えるときの表情には、何の気負いも感じられない。しかし、動画の後半で彼女たちがしっかりとヘアメイクを整え、色とりどりのドレスを着てチャペルを一周するところで、こちらの涙腺が崩壊した。

理由は正直、よく分からない。ただ、どの女の子たちも、自分の娘に見えて来たことは確か。それまで「ユニバーサル」という言葉が実際には何を意味するのか、深く考えたことがなかった。

調べれば「一般的なさま、すべてに共通、普遍」とある。

車椅子ユーザーのためのドレスを作り、ファッションを考えるスタイリストの胸に在るのは「特別ではない」ことと気づいて、はっとした。

この言葉を、分かったようなつもりで聞き流していたことが恥ずかしい。

テレビ局各局を走り回り、西に洋服で困った人がいれば駆けつけ、東に泣いている人がいればわけを聞くという生活を送る彼女が、その私財を投じて作り続けてきた「女の子たちの夢のドレス」には、たくさんの仕掛けがある。

腹筋の弱いユーザーのために、お尻が前へとずれないようにし、座ったままの着付けが出来るよう上下を分けた二部式にし、オーガンジーやレースをたっぷりと使ったドレスの裾も、決して車輪に絡まないように工夫を凝らす。心を尽くす、というのはこういうことなのだろう。

膝の上のオーガンジーを広げて誇らしげにカメラを見る女の子たちがいる。病気で車椅子生活を余儀なくされながら、ウエディングドレスをあきらめたくなかった、という女性も、一世一代の笑顔を向ける。

撮影当日、カメラを避け、ライトのあたらない場所に隠れてひんひんと泣いている人を見た。昨夜遅くまでサイズ合わせにミシンを走らせていたサチコさんだった。

嬉《うれ》しさに涙することの尊さ。裏方に徹する仕事のなんと豊かでしなやかなことか。

たくさんのライトが、ドレスを着た女の子たちにあたる。その笑顔と自信を支えているサチコさんの瞳には、いっそう明るい未来が見えているのだろう。

ビバ、人生。

（2022年6月30日 日本経済新聞夕刊）

メロディのある文学作品

ひとりでラジオを聴くことを覚えたころにはもう、中島みゆきは中島みゆきだった。

こちらが十代の初めには既に〈時代〉を歌っていて、その内容の大きさが分からぬ田舎《いなか》の少年少女たちも「ひとはそれでも生きてゆく」ことを、知らず知らずのうちに彼女の歌から学んだ。

さん付けをできるほど親しくはないので、北海道の東の外れで生まれ育った私たちはみな彼女を「みゆき」と呼んだ。

メロディのある文学作品は、簡単に胸奥の壁を突破してしまう。人を恋しく思う前に〈わかれうた〉を聴いてしまい、初めての恋は答え合わせで終わった。どんなにこちらが好きでも、女と男はそう上手《うま》くはいかない。上手くゆくのもいっとき。だから気持ちも体もまるごと渡してそこそこ傷ついたあと、ラジオから流れてくる曲に耳を傾ければ「そりゃあ、お前が馬鹿だったんだよ」と、そこには一行もない歌詞が聞こえてくるのだ。

さして意識せず、故郷の景色のように中島みゆきの詩を読み返し、曲を聴き返しながら育ってきた。いつの間にか自分の中心にあった「諦め」は、女と男に限らず人と人の間の緩衝材に姿を変えた。かすり傷も、ようやく穏やかな居場所を得たようだ。

〈つめたい別れ〉をよく聴いていたころではなかったか、寡黙《かもく》な祖母に「どこから来たのか」と訊《たず》ねたことがある。曖昧《あいまい》で面倒くさそうな微笑《ほほえ》みをひとつ寄こしただけで、答えはなかった。

祖母が秋田で奉公先の入《い》り婿《むこ》だった祖父と恋に落ち、大きなお腹《なか》で北海道に渡ってきたという事実を知ったのは、彼女が六十五歳で亡くなった後のことだった。

開拓者が北海道に渡ってきた理由はさまざまだ。生まれた土地で一生を終えられなかったことを恥じてでもいるように、祖父母たちは過去について口を開かず死んでいった。

百年前に「核家族」から始まった北海道の家族関係について、「ドライ」「じめじめしている」とまったく逆の表現をされることがある。どちらも間違ってはいないのだろう。血縁にほとんど期待せずに生まれ育つと、内地にはあって北海道にはないものや価値観の違いに気づく日がくる。なにせ私たちは、血縁を断ってしょっぱい河を渡ってきた人間の子孫なのだ。

おおよそ家柄や格式、祖先が某《なにがし》という付加価値から遠いところにいる人間が何を考えるかというと、「自分」のかたちだ。自慢できる家も家系もない。体ひとつとそれを覆う服一枚という精神的な身軽さは、百年の時を使いこの国が求めてきた価値観からずれた。

中島みゆきの詩を読むと「自分のため」という動機しか持ち合わせずに伸びてゆく一本の木が見える。囲いも縛りも剪定《せんてい》もなく、原野にそびえ枝を伸ばしてゆく一本の木だ。

自らが由《よし》とするもののためにしか生きてこられなかった人間は、他人がそれをどう見るか、ということに心を配ることが出来ない。価値基準が自分にしかないということが「自由」であると気づくのは、少し大人になってからで、その生き方を肯定できるのはもっと年を重ねてからだ。

北海道の人間は、雪が降っても傘を差さない。靴の底できしむ雪の音を聞いて育ったので、容易に解けないことが分かっているのだ。だから自身の体温も出会う人の体温も、心の底からは信じないのが北の礼儀。「素っ気ない」と「水くさい」は、手前勝手に枝を伸ばしながら生きてきた私たちにとっての褒《ほ》め言葉だろう。

この土地が課した「自由」の本質に気づいた人が書く詩は、人と上手く付き合う術《すべ》を学べなかった寄《よ》る辺《べ》ない人間の負い目に溢《あふ》れている。孤独のかたちを凝縮した詩は、観察と内省に遠慮がないのでこちらも遠慮なく聴くし、読む。

彼女と私にひとつだけ共通点があるとすれば「北海道に生まれた人間が育てた最初の世代である」ということ。三代続かないと江戸っ子ではないというから、好む好まないにかかわらず、私たちは生粋《きっすい》の北海道人なのだろう。

（角川春樹事務所「中島みゆき詩集」巻末エッセイ）

サクラギ秘宝館

ムービー加藤

名古屋出身の還暦。三度の飯より映画が大好き。一日に七本の映画を観られるスキルあり。わたしの周りから発生した仕事では皆が彼を「ムービーさん」と呼ぶ。

別段、嫌がってもいないのが不思議だが、穏やかに見せかけた「狂気」をときどき感じ取っている。この春長い記者生活にいったん別れを告げ、晴れてリタイヤ人。

サクラギのエッセイ集は彼の編集だが、面白くないと思ったものは、どんなものでもばっさり削る。問答無用の刃は本書にも発揮された。今回は真面目なエッセイ集にしようって、あれほど言ったのに。

「だって、こっちのほうが面白いし」

本気で言ってるから怖い。

妄想radio

魅せられて

ここは霧の街。

昭和のにおいを色濃く残した歓楽街の赤提灯《あかちょうちん》横町のそのまた奥にひっそりとスナックを開店したのは、五十で第二の人生を歩む決意を固めたアタシと、わけありで新潟から流れ着いた元歌手のいづみちゃん。

飲んで食って腹いっぱい千円というザンギのお店で出会ったふたりは、歌って飲んで二千円ポッキリの店を始めた。

カウンター六席、酒と乾き物とカラオケで、ちょいと湿気《しけ》ってみませんか。

ライブ99、本日開店——

紫乃ママ「お客さん、ホントに来てくれるかねぇ。ここをオープンさせること、誰にも言ってないんだけど」

チーママいづみ「とりあえず、店の名前がふたりの年を足した数だってことに気づかれなければ、最初の客は来ます。あとは歌と話芸で湿気った心を鷲づかみにすればいいんです」

いづみちゃんは大きな目が印象的で、新潟と東京に置いてきた過去のあれこれを想像するのが難しいほどの童顔だ。彼女は、はずれの街ではずれた店のホステスになったことを「天職かもしれない」と笑う。「明るいねえ」と言えば「よく言われます」と返す。この子なら、一緒になにかできるかもしれないと思ったけれど、まさかアタシのひとつ下だとはねぇ。童顔って得だな。いやいや、老け顔にだっていいことはあったじゃないか——アタシのあだ名はどこに行っても「ねえさん」。

ママ「せっかく高いカラオケの機械もあることだし、いづみちゃん、一曲歌ってよ」

いづみ「リクエストくださいよ。たいがいの曲は歌えます」

アタシはまじまじと彼女の顔を見た。たいがいの曲は歌えるって…、ママ「いづみちゃん、元歌手って、本当だったんだ」
いづみ「ええ、言ったじゃないですか。酔っぱらってはいたけど」

信じてなかったなんて言えない。手相を観《み》るのとハングルが得意なことと、ほかになにを特技にしてきたのか、訊《たず》ねてみたいところをぐっとこらえた。訊《き》けば自分もここに流れてくるまでの長い五十年を語らなけりゃいけない。

ママ「そうだな、すんごく売れた曲がいいな。あ、あれを歌ってみてくれない？」

居抜き格安で借りた店の、最新カラオケシステムに曲名を入れた。

マイクの準備をしていて曲名表示を見逃したいづみちゃんは、イントロの最初の音でリクエスト曲がわかったようだ。この子、いったい何者なのか――

いづみ「南に向いてる窓をあけ～」

目を瞑《つぶ》ると、中学生だった頃がぐるりと頭の中をひとまわり。その年の街頭で、ラジオで、有線で、テレビで、耳から聴いているだけなのに歌詞がひととおり出てくるからおもしろい。流行歌は隣に住んでたブルドッグそっくりなおばちゃんも口ずさんでたなぁ。

南に向いてる窓をあけ
一人で見ている　海の色
美しすぎると　怖くなる
若さによく似た　真昼の蜃気楼《しんきろう》

Wind is blowing from the Aegean
女は海
好きな男の腕の中でも
違う男の夢を見る
Uh―― Ah―― Uh―― Ah――
私の中でお眠りなさい
Wind is blowing from the Aegean
女は恋

昨夜《ゆうべ》の余韻が隅々《すみずみ》に
気怠《けだる》い甘さを　残してる
レースのカーテン　ひきちぎり
体に巻きつけ　踊ってみたくなる
Wind is blowing from the Aegean
女は海
やさしい人に抱かれながらも
強い男にひかれてく
Uh —— Ah —— Uh —— Ah ——
私の中でお眠りなさい

Wind is blowing from the Aegean
女は海
好きな男の腕の中でも
違う男の夢を見る
Uh —— Ah —— Uh —— Ah ——

私の中でお眠りなさい
Wind is blowing from the Aegean
女は恋

ママ「上手《うま》いねえ、いづみちゃん」
いづみ「ママ、その上手いがあたしの弱点だったんですよ」
ママ「どういうことなの」
いづみ「歌って、上手ければ上手いほど上手いひとで終わっちゃうんですよ。ここ一番の勝負に出られない弱さに繋がってしまうんです。みんながみんな、美空ひばりとかちあきなおみじゃないんです。型を知っている凡人って、歌い手の弱点なんです。聴いた人の内側にオリジナルが既にあるってことですから。聴きやすいとか邪魔にならないって、実はものすごく厄介なんです」
　アタシは「へぇ」と言って改めていづみちゃんの顔を見た。歌についてこんなに熱く語っている彼女を見たのは初めて。

ママ「でもさ、下手《へた》なよりはずっといいよ。可能性があるじゃない。元だって未来だって、歌手は歌手じゃないの」

いづみちゃんはマイクをカウンターに置いて、ちょっと悲しい顔をした。

ママ「ねえ、この歌詞で思い出したんだけどさ。『美しすぎると怖くなる』って、てっきり歌っている女の己に対する心情だと思ってた。窓を開けて海を見ている自分のなんて美しいこと、っていう自画自賛で自意識過剰の耽美《たんび》なぼやきかと勘違いしてた。よく聴いたら、海が美しすぎると怖くなる理由が、若さによく似た真昼の蜃気楼なのね。いつかこの美しさもひとときも失われるときが来ることへの畏《おそ》れなの。おまけに『女は恋』だし。昨夜の余韻が隅々に気怠い甘さを残してて、やさしい男に抱かれながらも強い男にひかれてゆく、って」

アタシは不意に、中学の国語教師の言葉を思い出した。

――この曲を聴いてるとね、そんなバカなことあるかって思うんだよ俺は。男としてはふざけるなって頭にくるんだ。

国語の授業中、流行歌に腹を立ててたっけ。きっと自分は優しい男だと思ってたんだろうなぁ。ほんで、女房が別の男に惹《ひ》かれているかもしれないなんていう妄想で余計に欲望がかき立てられて、そんでもってその妄想に腹を立てながら、頭だけが冴《さ》え冴《ざ》えとしてきて、欲望の下敷きになって、やがて悲しき。

あの頃の先生に会えたら、迷いなく言っちゃうだろうな。

――先生、男と女ですし。

ママ「いづみちゃん、どうして欲望はストレートに表現されないんだろうねぇ」

いづみちゃんは大きな目をくるりと愛らしく回しながら「犯罪になっちゃうからじゃないですか」なんて言って笑ってる。

いづみ「でもねママ、いつか終わるってものすごい慰めなんですよ」

ママ「阿木燿子さんの歌詞だったねえ」

そうだ、どんな快楽にも終わりがあるんだった。そんな簡単なことを忘れちゃってるふりができるのは、毎日毎日、実感しているからこその「真昼の蜃気楼」なんだろうか。日が沈んで新しい朝が来て、ラジオ体操の毎日。

明るい朝も阿木燿子が書くと気怠いギリシャの午後になる――

いづみ「女の柔らかさが男や時代を優しく包んでいた頃の歌詞ですよ。あたしが新潟でピンク・レディーの真似をしていたときも、大人は表むき彼女たちのケツが半分見えそうな衣装に眉をひそめてました」

それでもレコードは爆発的に売れたんだった。ネットもなんにもない時代、色気とモラルのせめぎ合いがヒットを生んで、世代を超えることが出来たのよ。「大人」って、本音と建前を上手く使いこなせる人の総称だったね。

ママ「いづみちゃん、かっこいい」

また彼女の頬に悲しげな翳《かげ》が出来てしまった。ごめん、そんなつもりじゃ。言葉にならない。あぁでも、いづみちゃんのこの翳って、昭和が持ってる後ろめたい色気に似てる。あの時代が良かったとも悪かったとも思わないけど、最近は大人の色気を持ったひとを見る機会が少ない。まぁ、アタシたちが年を取ったせいなんだけど。気づけば銀幕スターも年下が多くなってきたし。

ママ「この曲、池田満寿夫さんの書いた『エーゲ海に捧ぐ』の映画化で、タイアップ曲だったよね確か」

いづみ「そうです、そうそう。エーゲ海をバックにジュディ・オングが岩の上であの扇衣装を着て歌う映像、覚えてます」
ママ「あの映画と映像で、すっかりかぶれたんだよ中学のとき」
いづみ「ママも初めての海外旅行はギリシャって決めたクチですか」
そのとおり。そんな約束をした男の顔も名前も覚えてないけど、エーゲ海には五十になった今も憧《あこが》れてる。なんでこの年になっても行けてないんだろう。そんな金と暇が手中にあった時代も存在したはずなのに。
ママ「いづみちゃんも、エーゲ海に行きたかった？」
いづみ「白い建物と地中海ブルーをバックに、明日の見えない恋をしようと思ってました。もう、相手が誰だかわかんないときからずっと、エーゲ海をバックにしてこの歌を口ずさむ日ばかり夢見てました」
ママ「で、エーゲ海に行ったの？」
いづみちゃんは迷いない瞳で「はい」と返した。
本気ですか――スツールから尻が浮きそう。

いづみ「まあ、そんな時代もあったというだけの、若いときの話です。男も女も、異国じゃ感傷的な動物だってよくわかってなかった、とんだ阿呆でした」
ママ「アタシは海外に行ったことないの。パスポートも持ってない。夢は夢で終わっちゃったクチ。でも、とんだ阿呆でも、阿呆になれないよりましかもよ。この曲を聴いているとなんだか色んなことを思い出しちゃうね」
いづみ「だから、歌は世につれ世は歌につれ、って言うのかもしれませんねえ」
ママ「いいこと言うねえ」
　思わず膝を打つ。いづみちゃんがいまだ鳴らない入口のドアベルを見た。お客さん、来ないかな。ちいさなつぶやきが店の壁から跳ね返る。相づちの前に、いづみちゃんが立ち上がった。
いづみ「ママ、あたしちょっと客引きしてこようかな」
ママ「客引きって、どうやってやるの」
　いづみちゃんは軽くウインクしてカウンターの下から地中海ブルーのカーディガンを取り出した。アタシがその色に目を奪われているあいだに、彼女が軽やかに「行ってきます」とスカートの裾をひるがえす。

後ろ姿に向かって「気をつけてよ」と言いながら、アタシはやってくるかもしれないお客さんのことより、次は彼女になにを歌ってもらおうかなんてことを考えてる。数秒開いたドアの向こうから、静寂が滑り込んできた。

冬を迎えた古い歓楽街に開店した「ライブ99」。

この先ここで誰がどんな曲を歌うんだろう。まだ見ぬ客と頼もしいチーママのデュエットも、悪くない。

ライブ99——今夜もあなたを待ってます。

（「Ginger L。」2015年冬号）

笑って許して

開店して三か月、まだ続けていることが我ながら不思議なんだけど、チーママのいづみちゃんはそんなことお構いなしに毎日楽しそうに歌っている。お客さんはときどき来るんだけれど、常連さんはいまだゼロ。わびしいのう。

ママ「ねぇいづみちゃん、今日はお客さん来るかなあ」

いづみ「ママ、今日も、って言ってくださいよ。助詞ひとつで心もちぜんぜん違いますからね」

ママ「なんか、編集者みたいだね」

彼女が半笑いで首を傾《かし》げた。くるりとした瞳が可愛くて、こちらもついつい微笑《ほほえ》んでしまう。

いづみ「編集者に会ったことあるんですか」

えっ――、突然の問いにちょっと狼狽《ろうばい》。

「いや、文章にあれこれ言える職業として思いついたんだけど」なんて言い足してかえって怪しくなってる。職業なら、文章教室の先生でも良かったじゃないか。声にならないひとり突っ込みがとっても恥ずかしい。仕方ない、ここはひとつ、笑ってごまかそう。アタシはやや湿気《しけ》った声でいづみちゃんに一曲リクエストした。

ママ「そうそう、あれ、和田アキ子の『笑って許して』が聴きたいな」

いづみ「オッケーです」

　いづみちゃんはタッチパネルをぽんぽんとつつき、曲名を入れた。

いづみ「そういえば、去年の紅白この曲でしたよね」

ママ「昭和の曲は短いから、すぐ終わっちゃったね」

いづみ「そうそう、そのぶん若手のパフォーマンスに時間を割《さ》けてました」

　こんなときのいづみちゃんが見せる、チクチクした笑顔にも慣れてきた。いい耳を持って生まれた歌い手の矜持《きょうじ》が、音を外すようなステージを許さないのだ。プライドはいつだって、それを持った人間の心をきしませる。

笑って許して　ちいさなことと
笑って許して　こんな私を
抱きしめて　許すといってよ
いまはあなたひとり　あなたひとり
命ときめ　命ときめ　愛してるの
愛してるの　しんじてほしい
笑って許して　恋のあやまち
笑って許して　おねがいよ

たったひとこと　ほゝえみ見せて
たったひとこと　ことばがほしい
いじめても　許すといってよ
いまはあなたひとり　あなたひとり
命ときめ　命ときめ　愛してるの
愛してるの　しんじてほしい
笑って許して　なんでもないと

笑って許して　おねがいよ

画面に流れてゆく歌詞を目で追っているうちに、なんだか切なくなってきた。この曲って、こんな「要求」ばかりの歌だったっけ。

歌い終わったいづみちゃんは、次の曲を何にしようかパネルを見ている。アタシはぽつぽつと彼女に訊《たず》ねた。

ママ「ねえ、偽らざる気持ちってすんごく大事なのはわかってたけど、この曲ってこんなにワガママな内容だったっけ」

いづみ「ワガママですか」

いづみちゃんの目が更に大きくなった。

ママ「うん、すんごくワガママだと思う。浮気したけど、笑え、許せ、抱きしめろ、信じろ、なんか言え。でもその理由は、こっちは愛してるんだからの一点張りだよ」

いづみちゃんは、口をぽかーんと開けてアタシを見てる。だんだん後に退《ひ》けなくなってきた。こんなときは言葉数ばかり多くなって、恥ずかしさに恥で蓋をする自分が見える。ああ、でも。そんなアタシの心を見透かすような瞳でいづみちゃんが言った。

いづみ「そのワガママな要求をすべて呑んだあと、相手がどうなるか考えただけで怖いんですけど」

どういうこと？

いづみ「こんなひとに『命』と決められてしまったら、クリアしなきゃいけない画面が次々と出てくるってことですよね」

ゲ、ゲーム？

いづみ「ってことは、笑って許したあとは、自分と『同じくらい』愛してくれってことじゃないですか」

いづみちゃんは、モヘアのセーターの両腕を抱きしめるようにして、ぷるぷると震えている。本当に怖そう。

いづみ「ママ、『いじめても許すといってよ』って、言ってますよ～。最終画面が怖くて、もう二度とこの曲歌えなくなっちゃいますよ〜」
ひぃ――

ママ「だけど、この曲ってすごく売れたしラジオでがんがんかかってたし、なにより時代に共感されたじゃない」

そこまで言ってアタシはハッとする。「共感」――そんなものが自分にあったら、もっと上手《うま》く生きてこられたんじゃないのか。上手くいかなかった人間関係のあれもこれもを思い出して、全身が痒《かゆ》くなった。

いづみちゃんはぷるぷるっと肩を震わせ言った。

いづみ「この場合って、自分の取扱説明書の浮気事項を見せて、この通りやってくれれば今後も上手くいくから、って言ってるんですよね。トリセツの後出しなんですよ」

ママ「古今東西、トリセツはただでさえわかりづらく書かれてあるもんねえ」

いづみ「もはやここで言う『愛』は防波堤なのか親切なのか、わからないです」

電子レンジで猫を乾かしたっていう記事を読んだときの、不思議な気持ちが舞い戻った。前時代生まれのアタシにも震えが起きる。使い方がわからない感情は、新製品の家電よりはるかに危険だった。

取扱説明書。

アタシは一行も読まない、読めない、読もうと思ったこともない。

おつきあいしてるひとがいて、ほかにも好きなひとができて、そっちにちょっとだけ走っちゃったけど、それは「あやまち」だったから、今後はアナタを命と決めたから、さぁ許しなさい――

ママ「いづみちゃん、この曲は偽らざる気持ちがどれだけ怖いかを歌ってる。頭を下げながら、下げた頭で相手の足下を見てる。情を試されて、追い詰められた人間に二択を迫ってるんだよ」

いづみ「ママ、二択を迫られたこと、あるんですか」

ナイスいづみちゃん、それは今日いちばんえげつない質問です。

アタシは明るい明日を見るために、賞味期限が近づいた樽《たる》からビールを注ぐ。

彼女も一杯欲しいと言い出して、ちょっとほっとする。

ジョッキ半分を一気にあけて、ひと息ついた。お客さんが来ないまま、そろそろ閉店時間が近づいていた。ビールを一気飲みしたいづみちゃんは、やっと震えがおさまったと言ってスツールに腰を下ろした。アタシは古い記憶を狭く深く掘り起こして、泣きたくなった。

ママ「アタシの二択は、ありがちで悪いんだけど、男と仕事」

言ったそばからいづみちゃんの首がガックリと折れて、カウンターにおでこがぶつかった。嫌な音だ。彼女にも思い当たるところがあるのかもしれない。

ママ「いま辞めるわけにはいかないっていうとき、あったのよアタシにも。不思議なほどそんなときに限って気持ちを試されるの」

――やり直すつもりがあるなら、仕事を辞めてくれ。

なにをやり直したいのか、彼になにがあったのか、わからないまま言ってしまった。

――ムリ。

強気だったなぁ、若人のアタシ。

ママ「そんなにふたりの関係が駄目になってることに、そのときまで気づかなかったんだよね」

いづみ「ママ、鈍すぎです」

涙目のいづみちゃんが、絞り出すような声で言った。うん、わかってる。

ママ「人間のトリセツがひとりひとり違うこと、今ならわかるの。振り返ると、アタシの場合、すべてにおいて感情移入が足りなかった気がする。これは共感じゃないの。同情でもない。ただの薄情なのよ。笑って許せないからこそ人の情ってことに気づけなかった。二択させざるをえない状況まで相手を追い詰めちゃったんだ。弱気にならないとわかんないことだらけ。若人のときはみんな、大まつがい。まつがいだらけのクルマエビよ」

いづみ「ママ、古すぎます」

自分への興味が薄れたかどうかを確かめるという都合のいい賭けに出た男の

感情を察するには、あの日の自分は若すぎた。どっちに転んでもいい程度の女になり下がることで、こっちも安心してしまった。そして、格好つけて男を捨てたつもりが、そこまで入れ込んだ仕事に捨てられた。

誰も笑って許してはくれなかったな。みんなみんな、ワガママだった。誰よりアタシがワガママだった。

どんな仕事？　という問いは聞こえないふりをした。いづみちゃんがぽつりと言った。

いづみ「許すほうも、許せと言うほうも、傲慢なんですかねぇ」

ママ「自分を許せるのって、自分しかいないのかも」とアタシ。

いづみちゃんの大きな目から、きらきら光る涙がこぼれ落ちた。

ライブ99、今夜も帳尻合ってます――

（「Ginger L。」2016年春号）

燃えろいい女

開店前のカウンターで、アタシは今日も乾き物の準備――
いづみ「ママ、それ湿気《しけ》ってないですか」
ママ「だいじょうぶだと思うんだけど」
ちょっと確かめてから出したほうがいいという彼女の忠告に従って、素直に柿ピーを口に入れた。
ママ「歯ごたえ、ないわ」
いづみ「柿ピーから歯ごたえ取ったら、なにが残りますかねえ」
アタシは「ピー」と言いそうになるのをぐっとこらえて、せめてこっちだけでもと小袋からピーナッツをより分ける。
いづみ「なにやってんですか」
ママ「フライパンで煎れば、まだ美味しいかなって思って」

いづみちゃんは「へえ」と感心したふうで、カウンターを拭き始めた。

ママ「アタシが子供の頃の親ってさ、おやつなんて買う余裕ないわけよ。だから街角の南部せんべい工場のちっちゃい窓口で手のひら大の小袋にいっぱい入ったせんべいの耳を買うわけ」

放課後の空腹は、たいがいこの「みみせん」とたい焼き屋さんが落とした背びれ腹びれ尾っぽの「ひれせん」が満たしてくれたのだと言うと、いづみちゃんはただでさえ大きな目を上下左右に広げて「ザ、炭水化物」と応えた。

いづみ「新潟は、ぽっぽ焼きですかね」

ぽっぽ焼き？　と語尾を上げるアタシに、彼女はなぜかマイクを持って、謎の食べ物の説明を始めた。

いづみ「ぽっぽ焼きはですね、長さはこのマイクくらいで、握りの真ん中くらいの太さがあって、黒っぽくて、手に持つとふにゃって折れ曲がります」

ママ「アタシいま、ものすごく品のない想像をしたんだけど」

いづみ「ええ、ぽっぽ焼きの説明をするとたいがい同じような反応が返ってきます。でもそういう風にしか説明できない食べ物なんですよね」

黒糖が入っていて、食感はカステラともドーナツとも違うがほのかに甘いという。何かに似ているのなら説明もしやすいだろうが、どっちとも違うとなるとますます謎は深まるばかりだ。

ピーナッツをフライパンで煎っていたら、いいにおいが漂い始めた。ここでザ・ピーナッツの曲をリクエストしたら、いづみちゃんにひねりの足りなさを指摘されそう。

ママ「景気づけに、なんか歌ってちょうだい」

アタシはベタベタのリクエストをしなかった自分を胸奥で褒めながら、煎り終わったピーナッツを皿に戻した。

いづみ「湿気ったもんばかりじゃ、ガッツ出ませんよねえ。なにがいいかな」

タッチパネルをつつきながら、彼女が鼻歌を歌っている。もう決まっているのか——早いぞ。

いづみ「まさかこの曲が、懐かしのメロディーに分類される日が来るとは、思ってもみませんでしたねぇ、あの頃は。今夜はちょっと乾いてみましょうか」
流れてきたイントロにアタシは思わず口を開き、深く二度頷いた。

又　ひとつ　キラメク風が
この街を　散歩する
恋の季節　輝かせては
狂わせる　オレの心
おびえた　男心を
さらって　振り向きもしない女
夏の午後を　焼き尽くせ
熱い熱い　まなざし
燃えろ　いい女
燃えろ　ナツコ
まぶしすぎる　オマエとの出会い

通りすぎる　乾いた風に
口づけを　やさしげに
ときめく街　触れ合う素肌
かげろうが　あやしく包む
飛びかう　ウワサの中を
自由に　かけぬけて行く女
笑顔の似合う娘より
ちょっと気取った　まなざし
燃えろ　いい女
燃えろ　ナツコ
はずむ夕陽　オマエとの出会い

燃えろ　いい女
燃えろ　ナツコ
まぶしすぎる　オマエとの出会い

シャウトするいづみちゃんは、実に気持ち良さそうに声を出す。アタシはモニターの歌詞を目で追いながら、この曲がヒットした頃を思い出す。

十四歳——中学二年かい。

この世に中二病というものがあることを知ったのは、ついこの頃——かたちにならない自分がなぜかしら重かったのは、そうあの頃——

ママ「自己愛でいっぱいだった頃『ザ・ベストテン』で毎週聴いてたなぁ。田舎《いなか》じゃ、本物の歌手に会えることなんて、地元カード会社の謝恩祭くらい。テレビでこの曲と『あんたのバラード』歌ってるときの世良公則、格好良かったなぁ。使ってる言葉がぜんぶ強くて、ジーンズの脚がっつり広げて歌う姿は、野性の象徴だったよ」

いづみ「近年、意地を張る男は見ても、意地を貫く男にはなかなか出会えなくなりましたねぇ」

ママ「ワイルドだろう、って言われたって。こっちもけっこうワイルドなところ通り抜けてきたしねぇ」

いづみ「化粧品のＣＭで見た小野みゆきも、格好良かったですよ。この曲で『ナツコ』と名の付く女は一斉に注目を浴びましたね。クラスにひとりはいましたもん、ナツコ、ヨーコ、チエコ、アキコ」

一世を風靡《ふうび》した名前を持つ女は「いい女」の肩書きがついたことで、いったいどんな思いをしたのだろう。アタシは学校や職場で注目の的となったナツコたちが辿《たど》ったその後をあれこれと想像してみる。ひとりふたりと、ナツコの顔を思い浮かべた。

いづみ「うちの学校では『ナツコ事件』ってのがありました。中学に入ったばっかりじゃなかったかな。体育の時間に着替えするのが新鮮でねぇ。銭湯の脱衣場みたいな女子更衣室でみんなでワイワイ言いながら二本線の指定ジャージに着替えるんですよ。体育館では女子体育と男子体育に分かれて違う種目やるんですけど、陸上は合同。事件が起きたのは、幅跳び授業のときでした」

いづみちゃんの真剣で大きな目に、思わず釘付《くぎづ》け。アタシは次の展開が聞きたくて小刻みに頷いた。

いづみ「更衣室の鍵は女子体育の先生が管理していたんですけどね。その日、うちのクラスのナツコちゃんのボウタイがなくなったんです」
ボウタイ——記憶にあるぞ、それはワイシャツの首に結ぶ幅八ミリの紐《ひも》タイだ。幅がないのでリボンにはなれない、袋縫いなのでただのヒモにもなれないハンパもん。アタシは「それでそれで」と話を催促。
いづみ「ボウタイ一本だし、本人も更衣室で外したかどうか記憶がはっきりしないって言ったもんだから、そのままうやむやになったんです」
そのあと体育授業のたびに各クラス全学年で「紛失、盗難」は続いたという。
いづみ「ボウタイから始まって、ワイシャツ、ベスト、スカート、校章入りソックス、ソックタッチと来まして」
ママ「まさか」
いづみちゃんは、かくんと首を前に倒した。
いづみ「夏物の制服が一着分なくなったところで、もしやと思ってあちこち訊《き》いてみたらば——」

盗難の被害者は全員ナツコだった——ひぃ。

いづみ「授業中の鍵は担当教師が持ってましたが、最後に必ず体育委員と一緒に鍵をかけるのでシロ。生徒間でもあれこれと妙な噂が立ちまして」

ママ「そりゃそうだよ。制服盗難なんて、大事件じゃないの」

アタシは当時「ブルセラ」なんて言葉があったのかどうかも思い出せず、いづみちゃんの中学時代に滑り込んでいる。被害者は全員ナツコ。ツイストのメンバーに、地方の中学校で起きた「ナツコ事件」を知る術《すべ》はあったのか。

いづみ「盗難が二周目に入ったところで、事件は急展開したんです。合い鍵にばかり気を取られてましたが、実は内部的な組織犯でした」

アタシの毛穴という毛穴から漏れ出す疑問符をひとつひとつつまみ上げるように、いづみちゃんが言う。

いづみ「オカルトサークルです」

当時、ナツコよりも高確率でクラスに配置されていた生徒たち。アタシはドキドキしながらあら熱の取れたピーナッツをふたつ口に入れた。

いづみ「全校集会や犯人捜しもたけなわ、女子更衣室という限られた場所のヤバさも加わり、黙秘できなくなった生徒が出たんです」

オカルトサークルの中心的人物だった三年生女子、自称霊能者がおこなった「コックリさん」のお告げにより、ノストラダムスの大予言を避ける術として、ナツコの制服が狙われたのだった――

ナツコたちが身につけていたものはお告げのとおり、満月の夜こっそり燃やされていた。事件はごくごく内々に、新聞種になることもなく終結した。燃えたのは、ナツコではなく制服だった。

ママ「青春だねえ」ピーナッツをもうふたつ口に放る。

いづみ「ええ、うちの学校始まって以来の大事件でした」

大きなため息を吐《つ》いたいづみちゃんの目が遠くを見た。アタシは記憶の端っこから、ずっと世良公則を愛し続けていたナツコを引っ張り出した。

――マサノリみたいな男が現れたら結婚する。

高校時代を経て就職した後、待ちに待つも彼は現れず。しびれを切らしたナ

ツコは、二十二歳でマサノリの知らないところへ嫁いでいった。彼女が選んだ
男は「笑ゥせぇるすまん」の喪黒福造によく似ていた。ドーン！
お色直し、赤いカクテルドレスに流れた曲は「燃えろいい女」。
柿の種に湿気を取られて、今日はなんだか気分が乾いている。
人生五十の坂を越え行くぜ、燃えかすでもいい女——
湿気った心に火をともし、今夜も熱くライブ99——

（「Ginger L。」2016年夏号）

25時

開店時間と同時に店に駆け込んできたチーママのいづみちゃん、黒髪から雨の滴がこぼれている。

いづみ「ママ、いきなり降ってきました。こんな予報出てましたっけ」

ママ「聞いてないねえ。帰りも止《や》まないようだったら、お客さんの忘れ物があるから使って」

店の入口に立てかけた透明ビニール傘を指さした。いづみちゃんは水色のタオルハンカチで髪を拭きながら、その傘を見下ろした。アタシはその傘を忘れていったお客さんのことを思い出した。

半月前に、三日続けて通ってそれきり。仕立てはいいけどちょっと古い型のスーツを着た七十前後のお客さん。品がいいだけにうらぶれた感じがなんとも切ない印象。

ママ「名前、なんて言ったっけ、あのお客さん」

いづみ「イキナリさん」

そうそう、イキナリさんだ。「行成」でまさかの訓読み「イキナリ」さん。半世紀以上生きてるけれど、初めて出逢う名字をポッコリ忘れるアタシもアタシ。いづみちゃんは傘から離れ、カウンターに入ってきた。ミネラルウォーターをコップ一杯飲んで、ひとつ息を吐く。

ママ「古い知り合いだったっけ」

いづみちゃんは答えなかった。

一日生ビール一杯で三日間通い続けて、ほとんど話もしないお客さんなんて初めてだった。けれど、毎日いづみちゃんにカラオケのリクエストをきっちり三曲ずつして、それを聴いて帰って行った。アタシは彼について、名前くらいしか訊《たず》ねることができなかった。

ママ「傘、取りに来ないねぇ」

いづみ「困らないいんじゃないですか、ビニール傘だし」

いつもと変わらない軽やかな口調。
最初に現れた日、いづみちゃんの目の前にあったスツールに腰をかけたイキナリさんの目に、ママのアタシは映ってなかった。ビールを頼むときと曲名を言うときしか話さないイキナリさんと、リクエストに黙々と応えていたいづみちゃんは、どの角度から見ても知り合いとしか思えない静けさで向かい合っていた。

ママ「彼、いづみちゃんの歌う姿を見て、嬉しいんだか悲しいんだかよくわかんない表情をしてたんだよねえ。父親みたいな目だなぁって思ってた」
いづみ「父親っていうか、まぁ、そういう感じだったこともありましたよねえ」
ママ「そういう感じって」
あまり詮索してもと言葉を切ったアタシに、いづみちゃんはけろりと言った。
いづみ「元のマネージャーだったんです。同じ新潟出身だったから、けっこうよくしてもらったんですよ。でも、キャバレーまわりをしていた頃、本当にいきなり居なくなっちゃったんです、彼」

ママ「それ、笑ったほうがいい?」

いづみ「もう、笑い話ですよ。でも当時はあんな静かなひとが、名前もやることもイキナリなんで、本当にびっくりしたんです」

札幌のキャバレーで歌っていたとき、楽日にギャラのすべてを持ってイキナリさんは居なくなった。財布も次の仕事も失ったいづみちゃんは、キャバレーのママさんの厚意でしばらくのあいだホステスを続けさせてもらったのだという。

いづみ「歌えるし、酒も注《つ》げるし、お触りも嫌がらないし。短期間だったけどこれでもけっこう重宝されたんですよ」

そりゃよくわかるよ、と言葉にはしないで頷いた。

いづみ「どうやってここを突き止めたんだろう、向こうも話さないからこっちも何も訊《き》かなかったけど。三日通って、九曲歌って、傘置いてまたいなくなっちゃいましたねえ」

ママ「いきなり来て、いきなり去っていったねえ」

どうしてギャラの持ち逃げなんてことをしたんだろう。いづみちゃんはアタシの疑問を察したのかいつもの「てへへ」笑いを浮かべながら「借金だったんじゃないかな」と言った。

いづみ「なにに使ったのかわかんない。ものすごく真面目にやってきたひとだったから、そんな一瞬もあったって不思議じゃないですよ。きっと後悔してるんだ。だから、九曲でぱったり来なくなったんです」

ママ「リクエスト曲に、心当たりがあるわけ？」

いづみ「ええ、ぜんぶ彼が組み立てたショーの進行順でした。まぁ、それぞれが好きな曲を並べただけだったんですけど」

全九曲、アタシはおぼろな記憶を頼りに頭の中に並べてみた。

初日「テネシー・ワルツ」「愛のくらし」「夜間飛行」。二日目「ダンスはうまく踊れない」「ジョニィへの伝言」「街の灯り」。三日目「別れの朝」「アカシアの雨がやむとき」「八月の濡れた砂」。

並べただけで、この曲を持って全国を回っていた歌手とマネージャーの言葉少ない道行きが見えるようだ。こんなラインナップでずっと聴かせ続けられる腕のある歌手も歌手だけど、譜面と進行表を持って歩いていたマネージャーの、あきらかに後ろ向きな性分が透ける。

いづみ「よく『新潟ブルース』をリクエストしなかったなぁって思って。行く先々で、アンコールをもらえたときはご当地ソングを歌うんですけどね。彼がいちばん好きなのが『新潟ブルース』だったんですよ」

でも、といづみちゃんがちょっと目を伏せた。

いづみ「もしもあの傘を取りに来てくれたら、歌いたい曲があるんです」

なにかと問うた。久保田早紀の「25時」と彼女が言う。

イキナリさんが、素人のど自慢大会新潟予選をダントツで突破したいづみちゃんを見いだした一曲だったという。

いづみ「あなた、この先なにがあっても歌をやめないでください。僕が必ずスターにします。ついてきてください、って言ったんだ」

ママ「いくつの頃?」

いづみ「十七です」
いづみちゃんはひょいとタッチパネルに手を伸ばした。
いづみ「きれいな歌詞を歌いたいなあって思って、歌い込んで歌い込んで、何百回練習したかわかんないくらい。今でも好きなんですよ、これ」

大陸の果ての空に
銀河の光　薄れて
ゆらゆらと　麝香色《じゃこう》の
夜明けが訪れる
突然のつむじ風が
記憶の波をかすめて
遠い日も　そして今日も
忘れてしまえたら

ああ　愛の沈黙《しじま》
時を失《な》くした　世界にひとり
ああ　まだ私は
幻　さまよう　あなたの巡礼

モザイクの壁画の中
このまま埋《うず》もれたなら
いつの日かまたあなたが
通り過ぎるかしら

紫の地平線に
神々の声がひびく
〝倖《しあわ》せを粗末にした
報いが来たのだ〟と
過ぎた日に　帰れる馬車
さがしつづける哀しみ

不思議だわ　泣いてるのよ
少女の日のように

ああ　愛の沈黙
時を失くした　世界にひとり
ああ　まだ私は
幻　さまよう　あなたの巡礼

朝焼けの廃墟に立ち
やせた影　歩ませれば
さらさらと　この身体が
くずれてしまいそう

伸びやかに、画面を一度も見ないで歌い終えたいづみちゃんは、ほんの少し涙ぐんでいた。アタシは「いい曲だね」としか言えない。

いづみ「ママ、せっかく来てくれたのに、わたし一度も彼に優しい言葉をかけられなかった。もう恨みもなにも、言いたいことなんかなかったはずなのに」

アタシはいづみちゃんの嘆きになにも返せない。謝ることも出来なかったイキナリさんと、わだかまりなどないはずのいづみちゃんのあいだには、既に交わす言葉が残っていなかったんだ。

いづみちゃんが最も信頼していたひとが、どんな理由でギャラを持ち逃げしたのかわからないけれど、彼が悔いていることだけは事実なんだろう。

湿っぽい夜だなぁ、もう。

彼が忘れていった安いビニール傘を、今夜いづみちゃんが使わなくていいよう、雨が止むことを祈った。

ママ「倖せを粗末にした報い、ってなかなか若いうちはわかんないかもよ。若さも時間も、未来永劫じゃないなんて、つい最近まで気づかなかったもん」

いづみ「つい最近ですか」

ライブ99、湿気《しけ》りまくって雨の夜――

（「Ginger L。」2016年秋号）

2億4千万の瞳

突きだしの準備をしていたところにいづみちゃんが出勤。

いづみ「ママ、なんかすごくいいにおい」

ママ「たまには腹の足しになるようなものをと思って」

いづみちゃんはカウンターの内側に入り、アタシが炒める野菜をのぞき込んだ。角切りのキャベツ、ぴろぴろ〜んとしたキクラゲ、千切りのタケノコ、ニンジン。ごま油を使っているから、店内はもう「なんちゃって飯店」のにおいが充満。

いづみ「野菜炒めですか」

ママ「いや、これにこれを入れて更に炒める」

最後の出番を待っているビーフンを指さすと、いづみちゃんの瞳がぴかぴか光った。

いづみ「好物なんです、ママ。まさかここで手作りのビーフンが食べられるとは思わなかったなあ」
　まさかここで、だけ余計だよとは言わず、アタシは「ふふん」と鼻を鳴らす。
いづみ「このにおいを嗅いでると、かなしいことも忘れますよね。ごま油って魔性の女みたい」
　明るい顔で「かなしいこと」なんて言われちゃうと、なんだか気になるじゃないの。何があったの――はねるごま油を左右によけながら訊《たず》ねるアタシを見て、いづみちゃんは「ボクサーみたい」と感心している。
たいしたことじゃあないんですけど、という前置きのあと彼女は軽やかに言った。
いづみ「携帯電話なくしちゃって」
ママ「そりゃ、困るでしょう」
　つい、木べらを持つ手が止まる。あちっ！　ごま油が飛んで「あちぃ、あちぃ」を連発するアタシ。

いづみ「それが、それほど困らないんですよねえ」
ママ「なにかあったとき、どうするの。アタシもいづみちゃんに連絡できないと困るじゃない」
いづみ「一応、紛失届も出したんですけどね。出てこなかったら出てこなかったときで、まぁしばらくこのまんまでいいような気がしてきました。電話かけるところもかけてくるところもないし、いいかなって」
アタシはすぐに「期待しない生活」なんていう言葉が浮かんでさびしくなる。そんな生活に慣れてきた自分にも。期待しなけりゃ傷もつかないしねえ。ぼんやり手を動かしたらごま油が手の甲に飛んだ。
——あちぃ、あちち!
いづみ「あちち、といえばこの人ですよねえ」
その指先が軽やかにカラオケのリモコンに伸びた。もう、タッチパネルを見なくても選曲できそうな気配だ。本日の一曲目はやはりそのひとなのか、いづみちゃん。アタシは野菜がいい具合に炒め上がったところでビーフンを入れてかき混ぜ、水気を飛ばす。ああ、そういえば、この街もだいぶ湿気が飛んでいい具合に乾燥してきたなあ。

予想される曲の一節をついつい口ずさむ。アチチ・アチー♪

イントロが始まった。

ママ「ちょっと、あちちといえばって、この曲なの」

いづみ「ええ、あちちで思い出すのは郷ひろみ。ヒロミ・ゴーといえばこの曲じゃないですか」

なんちゃって飯店に響き渡るイントロは「2億4千万の瞳」だった。いきなりひねってくるいづみちゃんの感性に驚きながら、しかし毎度その一音目の正確さにやっぱりこの子は歌手なんだとしみじみ思っちゃう。キーが合うとか合わないとか、彼女の口からは聞いたことがなかったな。

見つめ合う視線のレイザー・ビームで

夜空に描く　色とりどりの恋模様

この星の片隅　2億の瞳が
素敵な事件《こと》を探してるのさ

胸の花びら震わせる
色は移ろいやすくても
人は愛の幻《ゆめ》を見ずにいられない…誰も

出逢いは億千万の胸騒ぎ
まばゆいくらいに
エキゾチック・ジャパン
出逢いは億千万の胸騒ぎ
生命のときめきエキゾチック
エキゾチック・ジャパン

愛し合う瞳が火花を散らすよ
恋人たちを乗せた青い飛行船

抱きしめて男を女をハーフを
生きてるだけじゃ淋しいよ

ひとり密かにつのらせた
想い涙になる夕暮れ
海が色をそっと変えてあふれだす…今日も

出逢いは億千万の胸騒ぎ
まばゆいくらいに
エキゾチック・ジャパン
出逢いは億千万の胸騒ぎ
生命のときめきエキゾチック
エキゾチック・ジャパン

歌い終わってすっきりとした笑顔になったいづみちゃんは「あぁ、ヒロミ・

ゴーはやっぱりすごいや」と言ってマイクを置いた。最近、彼女の歌めあてのお客さんが増え始めて、ママのアタシも鼻が高い。余力を残してシャウトする場末の歌手なんていう言葉が浮かび、「場末」だけ余計だぜと隠れツッコミ。

ママ「この曲って、たしか国鉄時代最後のキャンペーン曲だったよね」

いづみ「そうです。百恵ちゃんの『いい日旅立ち』から始まった、年に一曲必ずヒットさせなきゃならないキモいりの一曲だったんです」

ママ「今でも歌われてるってことは、やっぱり当時はばんばんテレビにも出てたんだよね」

大きな瞳が悲しげな色を帯びて左右に揺れた。

いづみ「ママ、このころヒロミ・ゴーはすべてのランキング番組への出演を拒否したんですよ」

ママ「え、そんなことあったっけ」

いづみ「アイドルと呼ばれることに抵抗があったんだと何かで読みました。ニューヨークでボイストレーニングして、本格バラードを身につけて、恋の破局が大ニュースになって、そのあと盛大な結婚して離婚して、また結婚離婚して、還暦間近で双子の父ちゃんになっても――」

いづみちゃんはそこでぐっと言葉を切って、溜めに溜めて言い放つ。

今も変わらず、ヒロミ・ゴーなんですよ――

ママ「そ、そう言われてみればそうだね」

いづみ「そしてこの、えらくパーソナルで壮大な歌詞に輝く予感を含ませて、ヒロミ・ゴーはジャケットアクションとキレキレのダンスで客席をドカンドカン沸かせるんです」

熱く語りたい気持ち、お察しするよいづみちゃん。同時代、アタシもヒデキが大好きだった。このあいだテレビで、脳梗塞の後遺症で体を引きずって歩くヒデキが舞台では「YOUNG MAN」の振りをバシッと決めてる姿に涙してたんだ。そんでもって、当時はヒデキのことを「音域狭いヤツだなあ」なんて思ってたゴローに抱きしめられてふたり涙する映像に、心臓鷲づかみにされたアタシは新御三家世代ド真ん中。

ママ「あのころのアイドルは人間でいる前にアイドルで、スターだった。スターはスターであって、手が届いちゃいけなかったんだ」

いづみちゃんは息をスーハーしながら、落ち着きを取り戻した目で言った。

いづみ「ママ、わたし一度だけヒロミ・ゴーのディナーショーに行ったことがあるんです」

ディナーショーといえば大きなフロアに円卓、円卓にはファンだ。いづみちゃんは、当時の知人のつてを辿《たど》り辿り、なんとかチケットを購入するところまで辿り着いた。いざ当日、どんな服を着ていけばいいのか迷いながら、一張羅の黒いドレスを着た。ここ一番で着るものは、ステージ衣装のドレスしかなかったという。

いづみ「円卓ではヒロミのファンがドキドキしながらディナーを食べてるわけですよ。どこから来たんですか、とかヒロミはもうご飯食べたかしら、とか上の空で話してるんです。北海道から来たひとも四国からかけつけたひともいました」

　ディナーが終わり、いよいよショーが始まる。ギラギラの衣装で現れたヒロミ・ゴー。のっけから「GOLDFINGER'99」で煽るステージに、いづみちゃんも、もうぷるぷる。

いづみ「でもねママ、わたし気づいちゃったんですよ」

ママ「気づいたって、何を」

いづみ「スターって、公平なんです。誰にでも同じように光り輝く。三百六十度上下左右、どっから見ても光るんです。わたしたちは彼を光り輝かせているのは自分たちだと信じていても、光を集めて光り輝いているのはヒロミ本人だったんです。わたしたちの放つちいさな光を最大にして光らせてくれるからこそ、彼はスターだったんです」

　いづみちゃんは少しだけ言いよどみながら、マイクをころころ転がし、諦めを含んだ口調で言った。

いづみ「公平って残酷なんです。全員に均等に愛情を注ぐことが、スターにはできるんです。けど、均等って誰も突出して愛されるひとがいないっていうことだったんです。あの日、自分も突出して愛されないことに気づいていろいろなことが腑に落ちて、少し大人になりました」

アタシは若き日のいづみちゃんの心持ちを思って胸が詰まる。スターとファンのあいだにある埋められない溝をしっかり見て、なお残った砂粒みたいな「好き」が彼らを輝かせている現実に思いをはせる。いづみちゃんはタッチパネルで「GOLDFINGER'99」を選曲する。

ああ、手が届かないからこそ「星」なのか。

なくした携帯電話の画面にも期待しないいづみちゃんが、なんだかとっても愛おしい。

ライブ99――今夜癒える、愛と傷。

（「小説幻冬」2016年11月号）

居酒屋

元気に出勤してきたいづみちゃんの上着がグレーのダッフルコートとチェックのマフラーに替わっていた。アタシもダウンのロングコートだし、下がり続ける朝夕の気温は情け容赦なし。

ママ「雪が降る土地はもうちょっと暖かいんだろうけどねえ」

いづみ「冬場に毎日これだけ晴れると、雪も寄りつきませんよねえ」

ママ「雪かきがないのはいいいんだけどねえ」

いづみ「そういえばここの雪は掻くくらいしか降らないんですもんね。感覚としてわたしが除雪と言ったら『雪跳ね』なんですよ。腰から上に跳ね上げるほど降るところと左右に掻くくらいしか降らない土地の違い。新潟の雪深さと曇天の冬、雪の苦手なママには無理でしょうねえ。わたしの生まれたとこは、夏は暑さが皮膚から染み込んでくるし、冬はずっと厚い雲に蓋をされて、いつ終わるのか先が見えないんです」

小鉢に入れる肉じゃがの準備をしながらつぶやくいづみちゃんに、ひとくちに北海道っていっても広うござんすよ、なんて言いながらアタシもチョコレートのストックを確認する。

そういや、いづみちゃんに初めて会ったときもそんな話をしていたっけ。同じ国だってのにどうしてそれぞれ夏と冬の空がそんなに違うんだろうって不思議に思ったんだった。まあお互い、なんだかんだ言いつつ自分の生まれた土地が愛憎含めて「好き」なのだ。気づくと側《そば》にあった場所は、いくらかでも血が繋がっているようなものなのだろうし。

嫌いもひとつの好き、かしら――

いづみ「さっき通りの酒屋の前を通ったとき、不思議な景色を見たんです」

どんな不思議かと訊ねると「レジ袋が生きてた」のだという。

ママ「レジ袋って、生きものだったっけ」

いづみ「目の錯覚だとは思うんですけど、空気を内側に入れて、酒屋の角を人間みたいに曲がったんです」
　アタシの頭の中は想像玉手箱。
ママ「不思議の目盛りって、人によって違うけどねえ」
いづみ「酒屋の角まで急ぎ足でやってきて、立ち止まることもしないでプイって曲がったんですよ」
　プイって曲がる――アタシの中のコロッケさんが、三歩進んでは九十度の方向転換を繰り返し始めた。
ママ「美川さんのものまねを想像しちゃってんだけど」
　いづみちゃんが「正解！」と人差し指を立てた。
いづみ「そうです、それです。レジ袋が角を曲がったとき、わたしも同じことを考えました」
　レジ袋を追いかけて、どこまでも行きたくなるような動きだったと彼女が言う。それは生きてるように「見えた」からだ、と喉元まで出そうになる。意思を持ち迷わずに角を曲がるのは、けっこう勇気が要るだろう。

いづみ「目的地が決まってないと、ああいう風には角を曲がれないよなあって思ったら、えらく人間くさいなと」

ママ「迷っても迷わなくても人間くさい。通りすがりとしては、どこへ行くつもりか追いかけて確かめたくなるよね」

いづみ「お互い肌の内側は風ですからねえ」

遠い目をしたいづみちゃんが「今夜はこれかな」とつぶやきながら、カラオケのタッチパネルを引き寄せた。

イントロが始まった。あら、今夜はデュエット曲？

いづみ「ものまねとくれば、五木さんが定番中の定番です。デフォルメは実力と人気、愛情と昇華の証。今日はこれを歌わせてください」

いづみちゃんはどんなデュエットソングも声を使い分けながらひとりで歌う。これはお客さんにも人気の芸だ。

若い頃、テレビでラジオで街頭で、とにかくこればかりかかっていた秋や年末を思い出して、アタシの鼻は今日もつーん。故郷の冬は氷の世界。角を曲が

るたび、風の向きに合わせてマフラーを上げ下げしていたなあ。ああ、作詞は
やっぱり阿久悠さんだった。

もしも　きらいでなかったら
何か一杯　のんでくれ
そうね　ダブルのバーボンを
遠慮しないで　いただくわ
名前きくほど　野暮じゃない
まして　身の上話など
そうよ　たまたま　居酒屋で
横にすわった　だけだもの
絵もない　花もない　歌もない
飾る言葉も　洒落もない
そんな居酒屋で

外へ出たなら　雨だろう
さっき　小雨がパラついた
いいわ　やむまで　此処にいて
一人グイグイ　のんでるわ
それじゃ　朝までつき合うか
悪い女と知り合った
別に　気にすることはない
あなたさっさと　帰ってよ
絵もない　花もない　歌もない
飾る言葉も　洒落もない
そんな居酒屋で

男・女の掛け合いが二度で、あとはサビ。そのサビも「絵もない花もない歌もない」ときて「飾る言葉も洒落もない」。そしてどれもこのふたりは欲していない。シメは「そんな居酒屋で」と場所に念を押す。

――いいのよそれで。

包容力を極限まで詰め込んだみたいな歌詞だ。なければないで、いいじゃないか、と。ここは居酒屋なんだから、と。ここにたどり着くまで、それぞれに何があったのかを語らないぶん潔い。

たまたま横に座ったふたりの戯《ざ》れ言《ごと》がそのまま歌詞になる。場所はここで、こんな景色ですよ、とサビが言っておしまい。

歌い終わったいづみちゃんがマイクを置いて感慨深げにつぶやいた。

いづみ「ママの冷蔵庫と阿久悠さんの歌詞には、千にひとつの無駄もない」

ママ「それって親の意見とナスビの花じゃ――」

いづみ「どちらも真実ですよママ。阿久悠さんの選ぶ言葉には、すべてに意味があるんです。いちいちそこに気づかせない技術があって初めて成立するからこその歌謡曲なんです。この曲を聴いてると、今さら説教垂れる気もない男と女に、この世の無常を諭されているような気分になりませんか。口ずさんでいるほうに、なんの圧力も感じさせずにそれをするんですよ。歌謡曲って生きることの教科書だったんですよ」
いづみちゃんは、今日も昭和の歌に熱かった。
脳裏に角を曲がるレジ袋が浮かんで消えた。通りすがりのレジ袋に、そこまで思いを馳せることができる純粋さが好きだと、言葉に出せない。
つと、九十度と無意識にでも定めつつ曲がることの意味を考えた。アタシは自分に訊ねるように声を出す。

ママ「ねえ、曲がり角はこの世にいっぱいあるけど、引き返せないところってどこだと思う？」

いづみ「心理的にですか、場所的にですか」

大きくてつやつやした瞳に問われて、ちょっと怯んだ。

ママ「どっちも、というと贅沢かねえ。曲がり角って九十度だとほどよく景色が変わるかなと思って。百八十度となると方向転換でアクセル全開の撤退だし」

いづみ「あいだを取って、という表現もありますよねえ」

ママ「九十度、迷いなく曲がったレジ袋のその後を想像すると、なんだか切なくなるねえ」

いづみ「風が吹いてるあいだは止まらないんですよ、たぶん」

そうか、そうだよいづみちゃん。

風の吹くまま気の向くまま、っていうじゃないの。

ママ「アタシはまだ引き返しちゃいないみたいだ。九十度曲がって、お店のカウンターにいる。お肌も行き先も九十度曲がれば、別の居場所が現れるのねえ」

いづみ「わたしの九十度もこのお店です、ママ。どんなに別のところへ行くことを想像しても、やっぱり毎日歌ってるもの」

風だって曲がり角がありゃ曲がるのよ。

左折三回で元の場所――

ライブ99――今夜、女ふたりと絵のない景色。

（「小説幻冬」２０１７年１月号）

天城越え

やけに冷え込んだなと思ったら、マイナス一五度だって。いやんなっちゃうな。同じ氷点下でも、二桁となると芯から冷えていくような気がするのよね。アタシはお店のストーブに火を入れて、漂い始めた灯油のにおいを嗅いでいた。冬しか嗅げない冬のにおいがある。これもそのひとつ。

いづみ「ママ、あんまり灯油のにおい嗅いでたら、具合悪くなりますよ」

ママ「まったく、ひとが郷愁にひたってるときにそういうこと言うのかい」

いづみ「揮発性ですから、郷愁にひたれること間違いなしなんですけど、ひたりすぎるのは良くないです」

相変わらずパリパリとものを言ういづみちゃんだ。このあいだ紛失した携帯電話が戻ってきたというのに、あんまり嬉しくないみたい。

ママ「携帯、どこから出てきたって言ってたっけ」

いづみ「川沿いのレストランの駐車場です。行ったことない場所にあったんですよ」

携帯電話に足が生えているところを想像したら、バッグに入れることも怖くなったらしい。

ママ「でも、戻って来たんだから優しく迎えてあげなよ」

いづみ「拾ってくれた人、謝礼を要求したそうです」

ママ「よく、お金拾ったら一割お礼もらえるって聞いて育ったけど、携帯電話もそういうもんなの？」

いづみ「そういう拾得者は珍しいそうです」

なるほど、お礼の気持ちを金に換算して要求されるってのも、よく考えるとありがたみが薄れるもんよねえ。アタシはふんふんと頷きながら灯油のにおいから少し離れた。

いづみ「礼が欲しくて届けたわけでもないでしょうが、拾った側が感謝と金を相殺できると思うところに違和感持っちゃったってのが正直なところでして。

お礼をしたい気持ちはあるのに、不思議ですよね」

一度手放したらなかなか戻って来ないものがほとんどだった今までを振り返ってみる。いづみちゃんがグラスを磨き始めた。

戻ってこないものの代表格に、金があるのは承知のところ。命があれば儲けものくらいに思っていたけれど、灯油のにおいを嗅いで頭がぼーっとしちゃったかな。

ママ「この世はすれ違いと勘違いで立体を保ってるっていうし、素直に感謝できないのも、この場合の必然なのかもしれなくてよ」

いづみ「なんですかいきなりその、マダム的な語尾は」

いや、なんとなく。

いづみ「勘違いってのは、大きな幸福の入口ですよね。実はヘビーな内容も、聴き手が受け取りやすい言葉に変換できるのが歌詞ですし」

ママ「表現はおしなべて、誤解をよしとする世界」

いづみ「そのとおり！」

お湯割り用のグラスを棚に置いたいづみちゃんの指先が、カラオケのタッチパネルにのびた。しばし間を置き、現れた画面に曲名表示。聞き慣れたイントロ。ドカンと流行った二十代がぐるりと頭をひとまわり。

ママ「ああ、すれ違いと勘違いのたまものといえば、これだよね」

隠しきれない　移り香が
いつしかあなたに　浸みついた
誰かに盗られる　くらいなら
あなたを　殺していいですか

寝乱れて　隠れ宿
九十九折り　浄蓮の滝
舞い上がり　揺れ墜ちる　肩のむこうに
あなた……山が燃える

何があっても　もういいの
くらくら燃える　火をくぐり
あなたと越えたい　天城越え

口を開けば　別れると
刺さったまんまの　割れ硝子
ふたりで居たって　寒いけど
嘘でも抱かれりゃ　あたたかい

わさび沢　隠れ径
小夜時雨　寒天橋

恨んでも　恨んでも　躯うらはら
あなた……山が燃える
戻れなくても　もういいの
くらくら燃える　地を這って

あなたと越えたい　天城越え
走り水　迷い恋
風の群れ　天城隧道

恨んでも　恨んでも　躯うらはら
あなた……山が燃える
戻れなくても　もういいの
くらくら燃える　地を這って
あなたと越えたい　天城越え

女の情念が店に充満して、アタシはしばらくぼんやり。気づけばまた灯油のにおいを嗅いでいる。

作詞　吉岡治
作曲　弦哲也

カラオケ画面では馴染みの名前だけど、組み合わせに更なる化学変化を起こすのが歌手なのか。マイクを置いたいづみちゃんは、涼しい笑顔に戻って、今日の突きだしに用意したポテトサラダの味見を始めた。

いづみ「美味しい。ママが作るポテトサラダって、主役はハムときゅうりなんですか」

ママ「主役はイモに決まってるでしょう」

いづみ「へへ。ママはこれ流行ったころ、覚えてます？」

ええ、ええ、覚えていますとも。ドラマ「金曜日の妻たちへ」が大流行、小林明子が「恋におちて」をヒットさせ、「男女7人夏物語」では石井明美が「CHA-CHA-CHA」を歌った頃よ。OL流行りで、ボディコンシャスが巷に溢れ、メリハリのない体を恨んだ、あの時代よ。

ママ「家庭持ちの中年男があんなにヘラヘラしていた時代も、なかったかもしれないなあ」

いづみ「カラオケスナックで、一曲歌うのに百円払う時代でした。バイト先の

ＯＬが我先にとマイクを奪い合いながら歌ってたのがこの曲でしたよ」

ママ「作詞家は女房視点で書いたんだったわねえ」

いづみ「誰かに盗られるくらいなら、あなたを殺していいですか――って、まんま女房の台詞ですもんね」

ママ「いつかテレビ番組で作詞家ご本人が『夫を寝取られた女房の気持ちを歌ったものです』ということを言ってたっけ。それを、寝取った側が泣きながら歌ってた時代があったんだ。やっぱりこの世はすれ違いと勘違いで立体を保ってる」

いづみ「惚れたはれたも、勘違いのたまものですかあ」

ママ「流行に乗ってくたびれ中年男とつき合ってた女の子たちは、自分たちが男を盗った側で、歌にとっては脇役だとは思ってなかったのよ」

いづみ「くらくら燃える火をくぐって、男と天城峠を越えるのは自分のほうだと勘違いしてたんじゃあ、仕方ないですよ。若いっていいな」

いづみちゃんはひとつため息をついたあと、有線から流れ来る藤圭子の声に鼻歌を合わせ始めた。

　戻ってきた携帯電話と、謝礼を要求した拾得者と――夫と女房と夫の彼女か。

いづみ「警察から、相手の連絡先が書いてある紙を渡されたんですよ。拾い主には商品の五〜二〇％に相当する額を請求する権利があるそうです。拾い主と必ず連絡をとって、お礼について話し合ってくださいって書いてありました」

ママ「連絡したの？」

いづみ「わたしだったらお礼は不要って言うと思うけど、それもまたひとつ心の面倒を生むんでしょうねえ。お礼、ちゃんとしますよ」

ママ「お互いに、心なんてかたちないものに頼るよりは気持ちいいかもよ」

　男も携帯も、旅と冒険が好きなんだよ――

　越えたい峠は数知れず。

　結局戻ってきたのなら、優しく迎えてあげりゃいい。

　ライブ99、春を待ちつつの寒風――


（「小説幻冬」２０１７年３月号）

勝手にしやがれ

連休前の肌寒い夜、ひとりの男性客が気怠《けだる》い空気を漂わせながら店に入ってきた。年の頃なら四十代後半か、若く見える五十代というところか。

ママ「いらっしゃいませ」

お客さんは「どうも」と軽く頭を下げながらコートの袖を抜く。カウンターから出て、それを受け取り壁のハンガーに掛けた。まだ体温の残るコートからは、柑橘とオリエンタル系が混じったいい匂いがする。平日夕刻に黒セーターとジーンズ、なんの仕事だろう。

ママ「昼間は少し暖かくなりましたけど、夜はやっぱり冷え込みますね。ストーブつけましょうか」

まさかいづみちゃんの出勤より早いお客さんがいるとは思わず、暖房までは気が回らなかった。お客さんは店の隅にあるポータブルのストーブをちらりと見て「ここはまだ暖房が要るんだなあ」と言いながら、視線を戻した。灯油のにおいで酒が不味くならないかと心配しながら、急いでスイッチをいれる。どうやら土地の人ではないらしい。

ママ「七月くらいまでは、灯油を切らせませんね。そのあとは九月からまた使い始めますし。年から年中、暖の必要なところですから」

客「夏らしい夏って、いつくらいですか」

ママ「二〇度を超えたら、まぁ夏ですかね。お盆までかな」

客「涼しくていいところですね」

ママ「お客さんは、どちらからですか。暖かいところ？」

客「もともとは関東だけど、今は札幌にいます。同じ道内でも、ずいぶんと違うもんですね」

ママ「東の方じゃついこの間、流氷が去ったばかりですしね。気づくと暖かいような気がして、気づくと寒いような気がしてって、季節もひともゆるゆる進むんで、境目がよくわからないんですよ」

客「そういう土地じゃないと、思いつかないこともありますよ、きっと」
ママ「こちらへは、お仕事かなにかで？」
客「仕事とプライベート半々かな。あ、バーボンをロックでお願いできますか」
ロックグラスに大ぶりの氷をひとつ入れてジムビームの蓋を開けた。久しぶりに樹のにおいを嗅いだ気がする。男が笑うと目尻の皺がすべて上を向いた。この笑顔で——女は何かを乗り切り、男は何かを諦められるのかもしれない。下向きの皺ばかりでは、一歩も前に進めない。
客「ここ、カラオケスナックなんですよね」
ママ「一曲いかがですか」
客「いや、僕は。お店を紹介してくれた地元の方に、ここに歌の上手い子がいて、なんでもリクエストに応えてくれると伺ったので来てみたんです」
ママ「もうちょっとで来ると思うんですよ」
アタシはいづみちゃんの歌が店を支えてくれていることを知って、ちょっと嬉しい。地元の人の紹介って、そりゃあなおさら嬉しいじゃないの。

そうこう言ってるうちに、ドアベルが鳴った。この音はいづみちゃん。
いづみ「おっはようございまぁす」

陽気な声を響かせたあと、既にカウンターにお客さんがいるのを見て、視線がちょっとだけ泳いだ。アタシは自分の目尻の皺が上向きであることを祈りながらにっこり笑う。

ママ「いづみちゃんの歌を聴きたいって、いまそんな話をしてたところだったの。ちょうど良かった。喉、温まってる？」
いづみ「はい、オッケーです」

お客さんはいづみちゃんになにか、という仕種をした。ママもどうぞと言われて、素直に焼酎をお湯で割った。いづみちゃんはウイスキーの薄い水割り、氷なし。お客さんのことをあれこれ訊《たず》ねない彼女の接客は、さんざん飲んだ苦い水の味がする。甘みが苦手なひとにはこんな相手が必要なんだろう。

いづみちゃんがコートを丸めているあいだ、お客さんがこちらを見て訊ねた。
客「ライブ99の、99ってなにか意味があるんですか」

きた——とうとうきた、この質問。アタシは笑い皺をいっそう深めて答える。
ママ「このお店を始めたときのふたりの年齢を足したら、九十九だったんで」
客「ってことは、もしかして今は百を」
えーい、みなまで言うな。
お客さんの横に腰を下ろしたいづみちゃんは「なにを歌いましょうか」と可愛い仕種でカラオケのタッチパネルを指さした。半分くらいのところにあるはずの年齢ボーダーは十歳くらい彼女の方にずれたが、笑みは絶やさず。
客「何でも歌えるって、本当ですか」
いづみ「外国の曲だと発音がちょっと怪しいですが、韓国語ならだいじょうぶ」
客「ジュリー、いいかな」
いづみ「ジュリー・ロンドンですか」
客「いや、沢田研二のほう」
このふたり、びっくりするほどきれいに外してくるなあ。いづみちゃんはお客さんの外し加減には気づかぬ様子で歌手名から検索してジュリーの曲をずらりと出した。
いづみ「『勝手にしやがれ』なんて、いかがですか」
客「いいですね、子供のころによく流れてたなあ」
いづみ「わたしは生まれてないかも。はい、ポンポン、ぽん、っと」
生まれてますって——ああそれにしても、こんなふうにわけもわからず気持ちの上がるイントロって、最近なかなかないわねえ。

壁ぎわに寝がえりうって
背中できいている
やっぱりお前は出て行くんだな

悪いことばかりじゃないと
想い出かき集め
鞄につめこむ気配がしてる

行ったきりならしあわせになるがいい
戻る気になりゃいつでもおいでよ

せめて少しはカッコつけさせてくれ
寝たふりしてる間に出て行ってくれ

アア　アアア　アアア　アア
アア　アアア　アアア　アア

バーボンのボトルを抱いて
夜ふけの窓に立つ
お前がふらふら行くのが見える

さよならというのもなぜか
しらけた感じだし
あばよとサラリと送ってみるか

別にふざけて困らせたわけじゃない
愛というのに照れてただけだよ

夜というのに派手なレコードかけて
朝までふざけようワンマンショーで

アア　アアア　アアア　アア
アア　アアア　アアア　アア

夜というのに派手なレコードかけて
朝までふざけようワンマンショーで

アア　アアア　アアア　アア
アア　アアア　アアア　アア

ぴしりと決まった歌い終わり、お客さんがぽつりと言った。
客「僕、さよならも、あばよも言えなかったんですよね」
早くなにか毒にも薬にもならないことを言わなければ。お客さんの告白が重いのか軽いのかわからない、どうしよう。
いづみ「電光石火ってやつですか」
客「気づいたらいなくなってたんです」
いづみ「出て行っちゃうひとに、照れる隙も見栄を張る暇も与えてもらえなかったってことですね」
いや、いづみちゃん、そんな、お客さんの傷口広げるようなことをスカッと。
客「こっちは男だから、引きずるんですよね。知らない街にひとり旅っていうのも、仕事にかこつけた自己満足で。果てしなくワンマンショーが続いているんです」
いづみ「お客さん、ちょっと両手を見せていただけますか」
今にもこぼれおちそうな大きな瞳で言われると、たいがいのひとは彼女の言うことを聞いてしまう。いづみちゃんは、手相見も特技のひとつだった。両手を出したお客さんは、自分の掌をじっくりと観察する彼女から、手の位置は変えずにグラスひとつぶん体を離した。

いづみ「ああ、女の気持ちは複雑すぎてよくわからないでしょう、お客さん」

客「わからないものじゃないんですか、もともと」

いづみ「両手の人差し指が薬指より短いですね。感情的に複雑ぶったものに関して、果てしない面倒を感じるタイプです。それがいいかどうかは別にして、らしいという言葉を使えば、とっても男らしいひとの特徴です」

客「女々しさも含めて、男らしいと言うんでしょうね」

いづみ「そのとおり」

ママ「いづみちゃん、言い過ぎ」

いづみ「あ、ごめんなさい」

客「いや、いいんだ。照れたり見栄を張ったりしているうちに、何も見えなくなってることも多いから。ものごとを大きく見ているようなふりをして、案外ちいさなことにこだわってばかりなんですよ。それこそが、見栄なんでしょうけど」

ママ「内面なんて、外側からは見えないからいいんであってね。コンビニの肉まんみたいに中身の表示があるわけじゃなし。外からじゃ何が入ってるかわからないからこその人間どうしですよ」

ふと男と女の表示がどこにあるのかを考えてしまったアタシ。指の長さでわかれば苦労しないんだけど、どこかに不思議なしるしがあるのも確か。姿かたちじゃない、たぶんひとにはあんまり見せちゃいけないものなのね。

いづみ「わたし子供のころずっと、一番の歌詞の最後は『ネタ振りしてる間に出て行ってくれ』だと思ってたんですよね」

客「どっちにしても、大事なときに相手がいませんね」

ライブ99、朝までふざけてみませんか――

（「小説幻冬」2017年5月号）

想い出まくら

乾き物に飽きたアタシは、最近ちょこちょことおつまみを作る。ポテトサラダや焼きビーフン、肉じゃがになすの煮浸し。

いづみ「今日の一品はなんですかぁ」

ママ「サバの味噌煮。肉じゃがに並んで、オトコを騙す必携の武器」

いづみ「ママ、それいつの情報ですか」

ママ「アタシの情報は、携帯電話がこの世に出てきてから止まってるの」

いづみ「困りませんか、それで。ママの常識って、情報というより迷信に近いですよ」

ママ「困ったら、そのとき。古くてけっこう」

走りのサバを持ってきてくれたのは地元の漁師。常連さんで海の男は、自称「トシちゃん」。そういえば目元がほんの少し田原俊彦に似ている気はするけれど、本人に言われると反応に困る。

いづみ「また、トシちゃんからの差し入れですか」

ママ「いつ魚が来るかわかんないから、圧力鍋買っちゃった」

ホームセンターで五千円の圧力鍋を買ったときのアタシはちょいと怯んでいた。安い食材を炒めたり混ぜたり茹でたりしていたぶんには気づかなかったことがある。片手間とか暇つぶしとか、あるいは気まぐれという言葉で片付けていたことに、ほんの少しでも義務が入るうっとうしさ。材料があれば、作らなきゃいけないっていう感じ。

ママ「たぶん、このあとサンマも入ってくるし。煮物全般、圧力鍋がひとつあれば肉でも魚でも」

いいわけめいた言葉がゆらゆら口から出て行く。

いづみ「いいですねえ、サバの味噌煮、サバといえばサバ読んでナンボの『サバの女王』」

ママ「私はあなたの　愛の奴隷」

グラシェラ・スサーナが日本語で歌ってるのが不思議だったな。

母は料理の苦手なひとで、元は旅芸人だったという風来坊のおばちゃんが何年か家にいてくれたおかげで海苔巻きの作り方も覚えたんだ。おばちゃんが好きだったのが「サバの女王」。親が必要な存在かどうかは今もよくわかんないけど、食べ物の作り方と食べ方を教えてくれるひとは、間違いなく大切。どの恋も「あなたは私の愛の奴隷」といかなかった半生を思い返すと、サバの味噌煮もちょっと甘い。

いづみ「ママ、味見していいですか」

ママ「どうぞ、骨まで食べられるくらい柔らかいよ」

いづみ「期待して、これ持ってきて正解でした」

いづみちゃんはバッグからコンビニの塩むすびをひとつ出してにんまりと笑った。あっという間にサバがひとつ、ふたつ――三つ目で待ったをかけるアタシ。ドアベルがからりと鳴った。現れたのは自称「トシちゃん」だ。

トシ「おう、いい匂いさせてんねえ。昨日のサバかい」

ママ「さっそく味噌煮にしてみたの。ひとつどう」

トシちゃんはひとくち食べて「旨いね」と言った。けど、おかわりはしない。せっせと魚を差し入れてくれるトシちゃんは、アタシよりふたつ下なのに孫がいる。孫はいるけど居場所がない。

トシ「いづみちゃん、曲入れて」

いづみ「おまかせあれ〜」

トシちゃんは何度も同じ曲を歌う。ガロの「学生街の喫茶店」で夜中まで。調子の悪いときで五回、ちょっとのってるときは、十回を超える。

いづみ「これだけ歌ってもらえたら、作ったひとも嬉しいよねぇぇぇぇぇ」

いづみちゃんの語尾が笑顔とともにどこまでも伸びて行く。トシちゃんが店にやって来た日は、部屋に戻って寝ようと思っても、ずっと頭の中で五文字刻みの歌詞が流れ続けて眠れない。

きみとよく・このみせに・きたものさ・わけもなく・おちゃをのみ・はなしたよ・がくせいで・にぎやかな・このみせの・かたすみで・きいていた・ぼぶ・

でぃらん――

トシちゃんが店でこの曲を歌ってるあいだに、当のボブ・ディランはノーベル文学賞だ。アタシはひと晩中頭の中で曲がリフレインして眠れない。どうやらいづみちゃんもトシちゃんのやって来た日は同じ症状になるらしい。

まどのそと・がいろじゅが・うつくしい・ドアをあけ・きみがくる・きがするよ――

サビがくるといづみちゃんがハモるのがお約束。トシちゃんがひとりでカラオケボックスに行かず「この店じゃないと調子がでない」という理由はここだった。初めてきれいにハモってもらえた感動が、何十回歌っても続いているのだ。アタシはこの、ひとのいい漁師がうらやましかったり不憫だったり。ああ、これぞ場末のスナックが担う役割だと納得したりため息ついたり。結局その日、トシちゃんは上機嫌のまま八回歌ったところで「サバ、旨かったよ」のひと言を残して帰って行った。

ママ「日付変更線、こえちゃったよ。いづみちゃんも、おつかれさま」

いづみちゃんがにんまりと笑った。

いづみ「ママ、実はいい方法を見つけたんですよ。五文字でリズム切ってくる曲の特徴として、五・五・五×二回で思い出す過去のシーンが成立するんです。絶対に似たような仕掛けの曲があるはずだと思って、先日本当に寝ないで探したら」

ママ「探したら――」

いづみちゃんは「あったんです」と言ってつよく頷いた。

いづみ「この曲で上書きすれば、今日はたぶん学生街のローリングスペシャルから解放されるはずです」

真夜中の店内に懐かしくて吐きそうな曲のイントロが流れ出す。

いづみちゃん、よりにもよってこれですか――

こんな日は　あの人の　真似をして
けむたそうな　顔をして　煙草をすうわ

そういえば　いたずらに煙草をすうと
やめろよと取り上げて　くれたっけ

ねぇ　あなた　ここに来て
楽しかった事なんか　話してよ　話してよ
こんな日は　あの人の　小さな癖も
ひとつずつ　ひとつずつ　思い出しそう

こんな日は　少しだけ　お酒を飲んで
あの人が　好きだった　歌をうたうわ
ゆらゆらと酔ったら　うでに抱かれて
髪なんか　なでられて　眠りたい

ねぇ　あなた　ここに来て
楽しかった事なんか　話してよ　話してよ
こんな日は　あの人の　小さな癖も

ひとつずつ　ひとつずつ　思い出しそう
こんな日は　あの人の　想い出まくら
眠りましょ　眠りましょ　今夜も一人

ねぇ　あなた　ここに来て
楽しかった事なんか　話してよ　話してよ
こんな日は　あの人の　小さな癖も
ひとつずつ　ひとつずつ　思い出しそう

こんな日は　あの人の　想い出まくら
眠るのが　眠るのが　いいでしょう

学生街じゃ美しく切なき青春の思い出一ページ。まるで返しの歌みたいな「想い出まくら」は女の情念と諦念よ。オトコとオンナは、どこまでもすれ違うものなのでしょうか。切々と歌い上げるいづみちゃんをぼんやりと見つめているアタシ。たしかに、学生街スペシャルは一回で払拭された気がするけれど、この上書きはかえってきつい現実にからめ取られる結果となったのでは——

歌い終わったいづみちゃんは、音の消えた店内でマイクを握ったまま眉間に皺を寄せた。

いづみ「ママ、学生街は去ったけど——」

ママ「いっそう厳しい現実が現れちゃったかも」

いづみ「五・五・五の韻律を上書きすることばかり考えてて、歌ったあとのことまで思い至りませんでした」

ママ「その熱意は充分伝わってくるよ、だいじょうぶ。ただ、本日の最後に聴くには多少ヘビーだったかな、と」

ふたりとも視線をカウンターに落として、内側に向かって反省会が始まってしまった。アタシはいづみちゃんの打開策をたたえるつもりでできるだけ声を明るく話しかける。

ママ「同じ眠れないのならもう一曲、過去をあれこれと考えないで済むような、楽しかった歌なんか、探してよ、探してよ〜」

いづみ「はい、ママ」

今宵ライブ99に満ちる、味噌煮の匂いと想い出まくら——

（「小説幻冬」２０１７年7月号）

王将

いづみ「ママ、連勝が止まっちゃいましたねえ」
ママ「まだ生まれてから十四年しか経ってないってのに、連日修羅場なのよ。このへんでいったん止まっておかないと」
いづみ「それもそうですが、二十九連勝ってのが泣かせませんか」
ママ「三十で止まるよりずっといいじゃない。悔いって、残すのにベストな場所があると思うもん。泣いても次のある悔いと、ない悔いがあるのよ」
　アタシはほうれん草を包んでいた新聞の皺を伸ばし、十四歳にして世間に騒がれることとなってしまった少年の、将棋の連勝がストップした記事を見てため息をついた。負けたっていいじゃないのよ、ねえ。
ママ「花には早咲きと遅咲きってのがあるけどさ。早く咲いたほうは、早咲きのほうがいい、遅く咲いたほうは遅咲きがいいって言いがちなのよね」

いづみ「人生一度きりですからね、間違ってるという前提で前には進めませんわな」

ママ「天才ならば、なおさらよ」

この世にはがむしゃらに食らいつかねば勝てない人間と、勝ってから勝った意味を考えるけどよくわからないまま次へ行く人間がいる。どっちがいいというのじゃない。いったいどこで勝ちを決めるものか、それは本人にしかわからないことだから。

ママ「勝ちが決まった瞬間に、次の戦いが始まってるとしたら、そりゃあ気が休まらないなぁと思うのね。考えてもごらんよ、終わらない一戦が延々と続くこと」

いづみ「それって勝負師の宿命ですよね」

ママ「あんまり近寄りたくない存在だわねえ」

いづみ「ふぅん、ママは勝負師にどなたか心あたりでもあるのでしょうか」

そう言って、指先で今日の一曲を選ぶいづみちゃん。アタシは「勝負師」の言葉に胸の奥がちょっと痛む。
今日の一曲はこれですか——王将

吹けば飛ぶよな　将棋の駒に
賭けた命を　笑わば笑え
うまれ浪花の　八百八橋
月も知ってる　俺らの意気地

あの手この手の　思案を胸に
やぶれ長屋で　今年も暮れた
愚痴も言わずに　女房の小春
つくる笑顔が　いじらしい

明日は東京に　出て行くからは
なにがなんでも　勝たねばならぬ

空に灯がつく　通天閣に
おれの闘志が　また燃える

改めて歌手の体は楽器なんだと思うのも、こういう曲を聴いたときだ。弦楽器の内側が空洞なのも頷ける。そして、いづみちゃんの体にアタシと似たような臓物が収まっていることが不思議にもなるひとときだ。

ママ「今日ものびのび歌ってるねえ」

いづみ「好きですから、この曲。好きなことでかえって歌えない曲ももちろんあるんですけれど」

ママ「好きなだけじゃ、駄目ですか」

いづみ「誰でも知っている曲を歌うときは、好きを覆うシールドが必要なんです。気持ち良く歌わないって言うと分かってもらえますかね」

ママ「なんとなく」

いづみ「一方的な愛情が、聴いてくれるひとにばれちゃいけないんです。熱く歌えば歌うほど、しらけちゃうんですね。特に、誰もが口ずさんだことのある曲は要注意です」

ジンライムの辛さが舌に沁みた。昭和三十六年、戦後初のミリオンセラーは、アタシの親がまだ熱に浮かされるようにして夢を追っていた頃の一曲だ。誰もが口ずさんだことのある曲か——

ママ「一旗あげてやろうっていう男がわんさかいた時代、みんなこの曲を体の内側に流しながら頂点を目指したんだなって。当時はしらけるなんていう言葉の使い方も知らない男がたくさんいたの。女はみんな女房の小春だと信じて、女房も自分が小春でいることになんの疑いも持たなかった。いつか何かになると信じられる時代の空気は、夢に食われる男をいっぱい生んだのよ」

落ち着いた顔でインタビューに受け答えする十四歳の少年には、彼にしかわからない痛みがあるだろうし、いくつになっても学べない大人の日常も、きっと同じくらい痛い。

ママ「ねえいづみちゃん、がむしゃらに練習することだけで勝とうとした男の話、聞いてくれる?」

いづみちゃんが大きな目をくるりとこちらに向けた。アタシはぽつぽつと「王将」を口ずさみながら生きた男の話をした。

ママ「昭和三十年代後半、この街で若い床屋職人がひとり店を出したの。彼は中学を卒業してすぐに床屋に奉公に入って、十人もいる兄弟子や姉弟子に小突かれながら技術を盗んでた。持ち前の負けん気が技術屋の世界には向いてたみたい。ただ、腕を磨くことしか頭にないような小僧だったから、腕が上がれば上がったなりに奉公先では疎ましがられてね。夜中に布団の上から兄弟子に袋だたきにされるときも、次の日ハサミと剃刀を持てなかったら大変だって、必死で手だけは内側に入れて守るような子よ。

強情な性分が幸いして覚えた技術だったけど、同時にその強情さは周囲の反感も買う。腕が頼りの職人だからとふんぞり返ったところで、人間関係でつまずけば水の泡。親方も弟子の諍いに辟易したけど、兄弟子より先に独立となれば容易に首を縦には振らない。結局同じ街で暖簾を分けてもらうことも出来ずに、ここに流れ着いて店を持ったの。通信教育で国家資格を取るにも短期間学校に通う時期があってね、店を持つには女房が必要だっていうので腕の確かな女を選んだ。男が、女房にするなら実家と縁の薄い貧乏人がいいと思ったのは、少々の苦労をかけても音を上げず相談相手もいないから。女はその点うってつけだった。

店を持ったところで、職人としての目標がひとつ叶ったんだけど、そこから男は自分の腕がどこまで通用するのか確かめたくなった。理髪師の競技会に出ることを思い立ったはいいけど、何でも突き詰めたい性分よ。頭のかたちと髪質が気に入ったお客さんに声を掛けて、金は要らないからモデルになってくれと頭を下げる。そうなるともう、家庭なんぞ視界になくなって、毎日毎晩競技会の練習。勝負に勝つためなら、夜通し整髪の研究よ。

最初は床屋代がまるごとタダになると言えば、モデルには不自由しなかった。それはいいんだけど、商売にはまったく身が入らなくなったのね。勝負のための練習だから、ピリピリする。電気ゴテをあてるときにちょっとでもモデルが動くと腹を立てる。上手くいくはずなかったの。モデルがいなくなるってことは、お客さんも減るってことよ。看板代わりの完璧な整髪も、いつの間にか商売用ではなくなって、勝負に勝つための道具になってたの。男の口癖は『俺の敵は俺』。勝負に取り憑かれると、人間らしさなんていう言葉は無力だった。女房は、生後三か月の娘の産毛に電気ゴテをあてて練習している夫の姿を見て、悲鳴を上げた。男にとって髪の毛はすべて練習台だったの。

女房を泣かせた甲斐あって、彼はその年の地方大会でぶっちぎりの優勝をする。次は道大会で準優勝。二番手だったことが余計に彼を奮い立たせてしまった。そのときの優勝者はいいライバルになった。ふたりは全国大会へと駒を進め、決戦の場所は東京に移ったの」

アタシは一度大きく息を吸い、吐いた。いづみちゃんも、深呼吸だ。

いづみ「それ、いったい誰ですか」

ママ「父親。アタシが物心ついてからも、ずっと勝負勝負のひとだった。一生を勝ち負けから逃れられなかったのは、彼の弱さよ。弱いから勝ちたいの。それだけだったと思う」

いづみ「勝てたんですか？」

アタシは首を横に振った。

ママ「後進が育たないからという理由で引退を勧められて、組合相手に大喧嘩。勝負のためなら女房子供も売りかねない男の思い詰めた空気に、周りが耐えられなかったのね。商売そっちのけで競技会ひと筋なんて、本末転倒でしょう。彼が泣いて競技会を諦めた年、ライバルが全国優勝したの」

いづみ「そういう結末ですか」

がっくりと肩を落としたいづみちゃんの視線がカウンターに向けられた。結末という言葉にアタシはハッとする。父を勝利者にしなかったのは、それこそが勝負の采配だったか――

ママ「仕事中、お店のラジオから『王将』が流れると、ほんの少し父の手が止まるの。戦いに敗れた男がたどり着くところは、パチンコ屋と雀荘だった。手軽な勝ち負けに時間を費やしていれば、後悔も少しは遠くに感じられたんでしょう。もう半世紀も前の、最後の最後に用意されていた勝負にたどり着けなかった男のむかし話。現実はあるべくしてそこにあったの。ライバルを設定した時点で、もう父は勝負に負けていた。彼は悔いを残す場所を間違ったの」

いづみ「勝負は最初に指した一手で既に決まってたってことですか」

アタシは「そんな父でも、嫌いではなかった」というひとことを飲み込む。

いづみちゃんがぽつりと「王将か」とつぶやいた。

王将か——

王将ね——

同時に声に出して、夜食が決定。

ママ「いづみちゃん、ちょっと餃子を食べて帰ろうか」

いづみ「はいっ！」

人と人、支え合っても角突き合わせてもふたり——ライブ99

（「小説幻冬」2017年9月号）

すぐバレる
担当編集者覆面座談会

桜木紫乃とは何者か。最もよく知るであろう出版各社の担当編集者や元担当が、氏名の一部を伏せることを条件に集まり、読者の知らない実像について覆面をいいことに、余すところなく語り合った。

出席者（発言順）

平本C尋（集A社）　「小説すばる」の元担当。担当した作品は『ホテルローヤル』と『裸の華』。現在はノンフィクション編集部にて実用書やコミックエッセイなどを担当。桜木さん同様(?)、男性を好きになるポイントは顔面至上主義。桜木さんと好みが一致したのはジュード・ロウ。竹野内豊のCM(GO)を見るためにタクシーに乗る女。山口県出身。

O庭大作（S潮社、現在はK談社）　S潮社で『硝子の葦』『ラブレス』『無垢の領域』『緋の河』の4冊を担当。体重の増減が激しい。いまは、桜木さんに初めてお目にかかったときと比べてプラス二十キロ。福岡県出身。

木原Iづみ（G冬舎）　担当作品は『それを愛とは呼ばず』。全員タミヤTしばりの直木賞待ち会にて原稿を渡される。絶対になくしてはいけない最高のプレゼント（当日誕生日）に一作入魂。　早く次お願いします！　新潟県出身。

鈴木Aつこ（Kドカワ）　「野性時代（当時）」で『ワン・モア』を担当。『砂上』は「本の旅人」での連載と単行本を担当。現在は児童書の編集部で絵本づくりに携わる。桜木さんの中では大食いキャラになっている。茨城県出身（納豆大好き）。

石I一成（文G春秋）　第二文藝部でデビュー単行本である『氷平線』を担当。現在は「オール讀物」編集部で久しぶりに桜木さんを担当中。昔、桜木さんに「お願いですから日本語を書いてください」と言ったらしいが本当に記憶にない（すみません…）。香川県出身。

O津洋子（桜木事M所専属MC）「桜木紫乃勝手に応援団長」から公認応援団長を経て、専属MCに。2010年からトークライブの聞き手を務めている。道南の木古内町出身で釧路市在住。次は事M所所長の座を狙っている。

司会　ムーB加藤（北K道新聞社）『緋の河』の新聞連載開始時に、新聞社側で担当。「作品と心中します」と大口をたたきながら、人事異動ですぐいなくなったヘタレ。つぐないとしてエッセイ集『おばんでございます』を担当。名古屋市出身。

ムーB加藤　みなさん担当編集者や元担当として桜木さんとは長い付き合いですが、どんな出会いでしたか。最初の印象は裏切られていませんか。

平本C尋　二〇〇七年のデビュー作の『氷平線』が出た後に、「小説すばる」コラムの執筆をお願いしたのが最初でした。自分にとってのアイドルとは…というコラムで、ストリッパーの清水ひとみさんについて書いていただきました。しばらくして札幌で初めてお会いし、控えめに言って「書いてるものとイメージが違う感じの人だな…」とは思いましたが、私も入社一年ほどのペーペーで、文芸編集者っぽさのかけらもなかったと思いますので、お互いさまではないでしょうか。「書いてるものとイメージが違う感じ」は、その後強化されてみなさんの知るところとなったと思いますので、その第一印象は裏切られていません（笑）。

〇庭大作　私も『氷平線』と『風葬』がとても面白く、文Ｇ春秋の担当者さんに連絡先をうかがって電話を差し上げたのが最初だったと思います。北海道にお邪魔して、いろいろとお話をして一年くらいで『硝子の葦』が刊行されたはずです。印象は最初からずっと変わってません、今も。小説に対してまじめで、厳しくて、そしてサービス精神のかたまりのような方、です（照）。

ムーＢ加藤　その『硝子の葦』を読んで飛びついたのが…。

木原Ｉづみ　はい。『硝子の葦』を読んで即メールをお送りし、札幌駅にあるＪＲタワーホテル日航札幌のロビーラウンジでお目にかかったのが最初です。著者の方とお会いする際は、かなり早めに現地に行くのですが、桜木さんは私より早く到着していて、こちらは脇汗びっしょり。やられました。作品のトーンから人となりをあれこれ想像していたのですが、とにかく腰が低く、こちらも負けじと曲げた腰を戻せず、悪代官にへつらう越後屋みたいにお互いにヘコヘコしながらロビーラウンジへ向かったものでした。あと、想像以上にお美しく若干ビビりました。切り出したテーマに、前のめりで目をぎゅうぎゅう見てうなずいてくださる姿にうれしくなって熱が入り、お茶をおかわり、ランチも頼み、ケーキセットまでなだれ込む長丁場になりました。「初対面とは思えぬ濃い打ち合わせ」と、帰京後にいただいたメールに夢膨らみましたが、その後、作品いただくまでが長かったよう！　いけず！

鈴木Aつこ　私は逆に早く着いて、トイレが出会いの場になりました。忘れもしません、帝国ホテルの化粧室です。前任者から担当を引き継ぐため、ご挨拶を兼ねて打ち合せをする予定でした。ホテル内のお店でお会いする予定だったので、少し早く到着した私はお手洗いへ。そこで（今になって思えばいろんな意味で）「少し違った」空気をまとった女性とすれ違いました。「この人はひょっとしてひょっとすると、これから担当することになる桜木紫乃さんでは…」という予感がものすごーくあったのですが、場所が場所でしたし、なんの確証もなかったので、一歩間違えるとあやしい人になると思い、声をかけずにそのまますれ違い、数分後に打ち合せの席でふたたび顔をあわせたのでありました（汗）。当時、桜木さんは「新官能派」の作家として紹介されることが多く、作品の雰囲気からもピリッとした空気をまとった方なのではないか、とドキドキしながらお会いしたら、全然違っていて驚いたのを覚えています。いい意味で裏切られました！

ムーB加藤　すべての始まりと言える『氷平線』はどう生まれましたか。

石Ｉ一成　ずいぶん昔、私が第二文藝部という部署にいた二〇〇六年春に、桜木さんと同じ北海道出身の部長に呼ばれ、担当を命じられたのがきっかけです。当時の桜木さんは、二〇〇二年に「雪虫」でオール讀物新人賞を受賞後、短編「海に帰る」一本が掲載されただけでした。オールに短編が載るのを待っているとらちが明かないので、部長は自分の言うことを聞く若手に命じて、半ば書き下ろしでデビュー単行本を出そうと考えたようです。まだ文芸編集の経験二年くらい、二十九歳だった私は、桜木さんのことを何も知らないまま前任者から段ボール箱を渡されました。デビュー前なのにもう何人も歴代担当がいて、箱には短編、中編、長編あわせて三十〜四十本くらいのボツ原稿が入っていました。一気に読み、江別にうかがってご挨拶したのが初対面です。緊張していたのか、初対面時の記憶がまったくありません。二回目か三回目にご自宅へうかがった時、打ち合わせが遅くなり、ごちそうになったカレーが、とても美味しかったことを覚えています。ジャガイモのカレーでしたね。

ムーB加藤　…カレーはふつう、ジャガイモと思いますが。釧路の〇津さんは。

〇津洋子　私がFMくしろのパーソナリティとして、桜木さんの小説やエッセイを勝手に番組やブログで応援していたら、二〇〇九年の秋、釧路の大型書店コーチャンフォーに『凍原』出版のご挨拶の際、FMに訪ねてこられました。「ご本人が目の前にいる」と興奮してお話をしましたが、とてもおっとりした優しい口調で人のよさそうな女性だと思いました。そこで、ダメもとで番組のエッセイコーナーに寄稿を頼んだらあっさりOKしてくれて、メールや電話やトークライブの相手と進んでいきました。その後、付き合いが長くなるにつれて肚のすわった、かなりがんこで、時々女優になり、自分が天然なところに気がついていない、そしてここだけの話ですが、ちょっとめんどうな女だと気がつきました。

ムーB加藤　担当者ならではは、という経験があったら教えてください。

平本C尋　桜木さんは担当編集者とのやりとりをすぐに暴露します。エッセイ集『おばんでございます』の中の「峯丸編集者」は何を隠そう、わたくしのことです。タッグを組んで初めての短編をやりとりしているとき、私が「掌に峯丸を載せてその重みを量るようなセックスを書け」といったような指摘を原稿に書き込んだ…という顛末を、「小説すばる」巻末の短いエッセイコーナーで暴露されたのですが、まさかここまで後を引くことになるとは思いもしませんでした。あんなエッセイを収録するなんて、北K道新聞社ってずいぶん革新的な新聞社なんですね…。

ムーB加藤　『おばんでございます』では、いくつかのラジオ番組に桜木さんを呼んでもらいましたが、文化放送の大竹まことさんも、地元STVラジオの工藤じゅんきさんも、まずは峯丸編集者の話を聞きたがりました。インパクトありすぎです。

木原Iづみ　峯丸と言えば、私の故郷である新潟のB級王道菓子、ぽっぽ焼きの説明をした時のこともお話ししたいのですが、長くなるのでまたにします。

ムーB加藤　この本をお読みの方にはもうバレてます（115ページ参照）。桜木さんは落とし物や忘れ物をはじめとする、やらかし話も多いと聞きますが。

O庭大作　ぐっと食いしばる癖があるので、歯がちょっと…という話は聞いていました。食事をご一緒したとき、あれっ、と口元に手をやってもごもご。「どうしましたか」と尋ねましたらば「歯がとれました」と。冗談かと思いましたが、どうも違うようです。それは大変です、これからは気をつけましょうと心配しながら、しかし歯を飲み込まずによかったと少し安心もして送り出しました。そののち歯はもとに戻ったようで、安心しました。

ムーB加藤　一件落着だったんでしょうか。

〇庭大作　続きがあります。その一年後くらいでしょうか、『ホテルローヤル』のあれやこれやで東京によくいらっしゃっていたころ、土曜の夕方、携帯電話が鳴りました。桜木さんの第一声は「歯がとれました」。土曜の夕方ですから、なかなかやっている歯医者がありません。調べると、歌舞伎町の歯医者が営業中とわかり、タクシーで神保町までお迎えに行き、そのまま歌舞伎町へ。歯は無事に装着できました。あの日、歯医者に行くためだけに歌舞伎町にタクシーで乗り付けたのは、桜木さんくらいではないでしょうか。前回はご一緒できなかった歯医者についていくことができ、少しだけ成長できたなと、勝手ながら思いました。

木原Iづみ　直木賞受賞直後に、弊社専務の石原がインタビュアーを務めていたBS朝日の番組にご出演いただきました。小樽の鰊御殿でのロケも無事終わり、解放感からぷらぷらと小樽の街を散策しタクシーで小樽駅へ。立ち食い寿司をつまみ、桜木さんイチオシの揚げたてザンギを頬張り、切符を買おうかという段になってカバンをまさぐっていた桜木さんがひとこと「ねえさん、携帯がない」。えぇーっ！　タクシーの中でLINE打っていたはず。降りた時に落としたかと、降車場所周辺をくまなく探すも影もなし。ザンギ屋の受け渡し口からお土産のディスプレイから立ち食い寿司のカウンターから、青い顔で何度も探しにくる二人を板さんが哀れむような目で見ます。タクシー会社に電話もしたし、鰊御殿まで戻りましたとも。車中でLINEしていたのは幻で、きっと鰊御殿に置いてきたのだと言い合いながら。ありませんでした。番組スタッフの方達も、何度も忘れ物を確かめたといいます。無念でした。帰りの快速電車いしかりライナーで、私の携帯からご主人に電話をかけると、最初のひとことは「（彼女は）大丈夫ですか」。「うん、うん…」とご主人の指示にうなずく桜木さんは、まるで迷子の幼児のよう。その時、この人はこの糸につながれていなければ飛んでいってしまうふわふわな凧なんだなと思ったものです。遠隔の凧糸に操られ、ふわふわ揺れながら帰っていった桜木さんの姿は忘れられません。

〇津洋子　そんな話の後に、こんな暴露話でいいですか。トークイベントの時、トイレに行って戻って来た姿を見て仰天！　プリーツスカートの後ろの裾がウエストまでめくりあげられて、パンツが見えてたんです。絶句というか、その姿で廊下を歩く「直木賞作家パンツ丸見え事件」を目撃した私の方が動揺してしまい、桜木さんのことをねえさんなんて呼んだことないのに「ねえさん、スカートめくれてます！　パンツ丸見えです」。そのあと少し間があって二人で大爆笑でした。天然にもほどがある〜。でもこの話、載せちゃって大丈夫ですか。

ムーB加藤　「パンツ丸見え」どんと来い、とおっしゃるのでは。直木賞受賞直後のやらかし話が続きましたが、受賞会見の例のTシャツも話題になりました。

平本C尋　直木賞選考の「待ち会」での、タミヤのTシャツ事件、ありましたね。私と、当時単行本担当だった、現「すばる」編集長の野田もタミTの着用を命じられました。私は移動の際はジャケットを羽織って、おしゃれロックT風にごまかしたのですが、桜木さんと野田はそのまま歩いていて、自分の小ささを感じました。受賞が決まり、選考委員の先生方が集ってらっしゃるという「クラブ数寄屋橋」にその恰好のまま挨拶に行き、「そのTシャツはなんなんだ？」と某選考委員から問われたときに、厚顔（庫丸でなく）編集者の私もさすがに「穴があったら入りたい」という気持ちを味わいました。なんと答えたのか記憶にございません。桜木さんは初対面の渡辺淳一先生となぜか挨拶のハグを交わしていました。

鈴木Aつこ　あまりにもありすぎて、思いだそうとしても思いだせないくらい「やらかし」に慣れてしまったというのが正直なところです（笑）。聞いた中で、サービス精神旺盛な桜木さんらしいエピソードとして印象に残っているのは、デビュー間もないころ、文学賞のパーティーにスクラッチカードと景品（たしか駄菓子）を用意した話。どうやら、挨拶に来てくれた編集者たちを手ぶらで帰すわけにはいかないと「まじめに」考えた結果、なにかお礼をしようということで思いついたアイデアだったとか。編集者から名刺を受け取ると、カードを渡してその場で削ってもらい、景品の駄菓子をあげていた、と。編集者のリアクションが試される瞬間でもありますね。高級ホテルで行われる文学賞のパーティー会場で繰り広げられたシュールな光景が目に浮かんで笑ってしまいました。

木原Iづみ　リアクションが試されると言えば、突然ヅカメイクの写真を送ってきたり、判読に数秒かかるメッセージを送ってきたりされると、やはり戸惑います。どう反応するのが正解なのかとても悩みます。でもどうも特別な意味はないらしいんです。ヅカのスターになった自分を見てほしい、あ！　と思ったことを送ってみた、どうもそれくらいみたいなのです。マニキュアを塗った写真に「ハナクソ色でした」と添えられて来た時は、「少し蓄膿的な」とお返しできるくらいには慣れたので、このままで大丈夫です。

鈴木Aつこ　そうそう。取材を受ける時にバッチリきれいなヘアメイクで、衣装もおしゃれなのに、突然「コマネチ！」のポーズをしたりするところ。同行している編集者は慣れっこなので大丈夫ですが、初めて取材するメディアの方たちは、笑うべきか、見守るべきか、戸惑うことがほとんどです。そこで桜木さんにツッコミを入れる、もしくは一緒にコマネチをするのが、担当編集者の仕事ではないでしょうか。そのあとは、みんなの心の距離が一気に縮まります（笑）

ムーB加藤　むちゃ振りも結構ありませんか。『おばんでございます』では、「余ったページに手書き新聞書くよ」というのでお願いしたら、「本の完成を喜ぶ担当編集者」というキャプションつきの写真スペースが空いていて、私の写真を入れざるを得ないようにできてました。そこでクレージーキャッツを意識しつつ大まじめに撮ったのですが、周囲からの視線は、それは冷たいものでした。のちに届いた愛読者カードの一枚に「いいねえ、あの写真。こういうことができる人、最近少なくなりましたね」と書いてくれた人がいて、ようやく救われた思いがしました。この本でも「秘宝館に載せるからおもしろい写真を用意せよ」という指令が出まして、今度こそ、きちんとした写真にしたくて、スタイリストとも相談したのですが、なかなか桜木さんのＯＫが出ず、結局あなってしまいました。ここで、みなさんの印象に残っている桜木さんとの仕事や、転機のようなものを挙げていただければ。

石I一成　デビュー単行本の『氷平線』を一年かけて仕上げていただき、ひそかに「これはいける！」と手応えを感じていましたが、『氷平線』も書き下ろしの第二作『風葬』もあまり売れませんでした。ひとえに「新官能派」というキャッチを考えて若手に押しつけた、羽T好之部長（当時。現在は作家）のせいだと思います。オール讀物に異動していた私は、「新官能派」という曖昧模《あいまいも》糊《こ》とした桜木作品の位置づけがよくないと考え、「松本清張のような社会派推理にチャレンジしましょう」と、釧路湿原を舞台に老刑事が活躍する短編を書いていただくなど、試行錯誤が続くのですが、なかなかピタッとはまりませんでした。一筋の救いの光は、他社から次々に声がかかって、文春以外の

あちこちの小説誌に短編を発表し、書き下ろし作品もどんどん進めている
ご様子だったこと。正直、他社で何かヒットしてくれないかな、と、他力本願
のような気持ちでした。果たして二〇一一年、S潮社のエース編集者・O庭さ
んが担当した『ラブレス』が大きな話題を呼び、直木賞の候補になり、島清
恋愛文学賞を受賞。たちまち人気作家になられて、ホッとしました。

平本C尋　桜木さんとの仕事は全部が印象に残っているのですが、なかでもと
りわけ、ということなら『ホテルローヤル』収録の「星を見ていた」という短編
です。その短編をいただくまでは、桜木さんも私も、「官能作家」という飾り
をどこかにつけないと、という気持ちがうっすらとあったと思うのですが、あ
の短編をいただいたときに、「そんな言い訳を用意しなくても、もうええん
やで」と誰かに言われたように感じました。

O津洋子　初めての桜木さんとのトークライブは、二〇一〇年十月の旧・市立
釧路図書館でした。定員百五十人のところ百人も集まらず、桜木さんの声
は小さくて、とても緊張している様子でした。それから毎年、図書館でのトー

クライブが開かれて、二〇一二年には二百人以上が集まって立ち見が出るほどに。そして翌年、札幌での「直木賞受賞記念　桜木紫乃講演会」は満席の七百人という、聞き手として見たこともない景色を私に見せてくれました。二〇一九年には『緋の河』のモデル、カルーセル麻紀さんと桜木さんのトークショーがお二人の故郷の釧路で開かれ、聞き手を務めさせてもらいました。出会った頃は言葉少なめだった桜木さんが、このころにはノリノリで麻紀さんにサプライズをすると言い出すほど。テーブルの下にお酒を仕込んで、しかも予定より早く出して飲みながらのトークになってしまい、麻紀さんが千三百人のお客さんを前にトイレタイムに消えるというハプニングも！　これは一生忘れられません。

○庭大作　講演会のサプライズと言えば、〇〇市民ホール、みたいな、何百人もお客さんがいらっしゃる場で、事前の打ち合わせもなしのサプライズで「ステージにおいで～」と編集者たちを呼びこみ、マイクを握らされたことが何度かあります。あげないでとは言いませんけれども、せめて「きょうは呼ぶで」と教えておいてほしいです。一度、丈の短いズボンのままステージにあげられ、すねが半分くらい見えた状態で、まじめな話をしないといけなかったので。

○津洋子　最初の頃のトークライブでは、とにかく自分がしゃべる時間を少なくしたがりました。来てくれた編集者さんに語らせようというので、担当さんにあらかじめ連絡を、と言うと桜木さんは「私から伝えておくよ」。でもサプライズだったんですね。おちゃめ～。

ム−B加藤　ほかに桜木さんとのお仕事で苦労したことはありませんか。

石I一成　正直に告白しますと、初期の桜木さんは、原稿の表現が独特すぎて何を書いているのかよくわからない箇所がたくさんありました。地の文で人生観めいたことをつづったり、小説のテーマのまとめ的なことを登場人物に語らせたりするのですが、言い回しが抽象的かつ長く、数ページ続いたりします（短編なのに）。ただ、ふりかえって考えますと、登場人物の心を独自の言葉で延々と表現しつづけられるというのは作家ならではの才能で、最初から器用に端的に表現できるなら、桜木さんは作家になっていなかったのかもしれません。現在の桜木さんは、ほんのひとことふたことの描写とせりふでキャラクターを造型できる技術力を身につけておられます。より一般的な表現技術も身につけられた、つまり、写実画もキュビスムも描けるピカソになられたということかなと思います。

平本C尋　桜木さんは、「原稿を直される」ということに関して驚くほど謙虚な方でした。格段によくなって改稿が上がってくるので、そのやりとりもとても楽しかったです。何年か担当しているうちに、そんなに原稿を直す必要もなくなってきたのが若干寂しくもありました。ただ、油断するとやりとりをすぐにエッセイに書かれるので(塞丸の件とか…)それはやめていただきたいかなあと…。

O津洋子　こうと思ったら絶対、後に引かないところです。特に言葉の意味にこだわるので、ちょーめんどうくさいです。サイン会でファンの方が「桜木さんから元気もらいました」と言うと「元気は最初からあなたのなかにあったものですよ」。確かにそうなんです。「元気が出た」ということなんですけど、私はファンでもあるので、ファン心理としてそこは桜木小説に出会い、ご本人に会い、感謝を伝えたいのだから、受け止めてよ〜と思います。言葉の意味にこだわったら、ずーっとこだわってるの。どうか、サイン会ではそこスルーしてと思うのですが…。

ムーB加藤　困った話が続きましたが、逆に、近くで接していて桜木さんのどんなところに魅力を感じていますか。

鈴木Aつこ　まじめで誠実、そして愛情深い。今のような人気作家さんになる前も、なってからも、お人柄はまったく変わらず誰に対しても公平です。このお忙しさで、以前と同じようであり続けるのは、時間的にも体力的にもしんどいのでは、と心配してしまうほど。少し離れたところから見ている私にも桜木さんのご多忙ぶりはわかります。それなのに、新聞紙やちらしをきれいに折って作ったゴミ入れ（みかんの皮を捨てる、あれ）や、折り紙で作った作品のような、手仕事の写真が届いたこともありました。始めると心を無にして夢中になれるので、気分転換になったのだと思うのです。でも「いったい、なにをやっているんだろう…」と、あきれたこともありました。もちろん愛を込めて！　ですよ（笑）。

木原Ｉづみ　ふらふら凧であり つつ、凧糸に繰られながら日常を継続しているところです。ご家庭に入り、旦那さんの転勤に合わせて引っ越ししたり単身赴任を支えたりしつつ、お子さん二人を育て上げてというスペックだけ見ると、作家としての修羅道が不足しているのではないかなどという向きもあるかもしれませんが、桜木さんにとっては日常を継続することそのものが修羅の道なのではなどと勝手に思っております。

鈴木Ａつこ　出会いからずっと、ひとりの女性として、母として、人として尊敬しているのは、ご家族をなによりも大切にしていること。今のように売れる前、そしてお子さんたちもまだ小さかった頃のやりとりで印象に残っているのは、「原稿料でクーラーを買ったんだよ」「子どもたちと外食した」と、原稿料がどう使われたかを感謝の気持ちとともに聞かせてくださったことです。小説を書くのが桜木さんご自身のよろこびで、そこで得た報酬は家族のよろこびのために使いたい、というのが伝わってきました。「誰かのために」というのは、桜木さんが何かをするときに、大きな原動力になっていると思います。お子さんたちとは「笑わせたら百円あげる」というゲームをとりいれていたことも印象的でした。生きているとつらいこともたくさんある、そのときに笑い飛ばせる心の強さを育てたい、という願いでもあったのだろうな、と勝手に想像しています。

平本C尋　私はよく「桜木さんは他人に関心がないですもんね」と言うのですが、うっすらディスっているわけではなくて、どんなテーマで誰を書こうと、自分自身を書くことになるのが桜木作品なので、すごい褒めているつもりなんです。自分以外のものを書こうとしないし、書きたいとも思っていないのではないかと。自己開示と自分を掘り下げていくことへの貪欲さ、みたいなものが桜木作品の魅力だと思います。執筆に関わらない部分は驚くほど雑で、人の好き嫌いもたぶんあまりなく（ないですよね？）、編集者にめんどうくさいことを言うということもまったくなく（笑）、そのあたりの割り切りのよさにも担当していて大変助けられました。

〇津洋子　陰ぼめをするところ。私のいないところで「〇津さんがいないとトークライブは回らないんですよ」と、きっと私に伝えるであろう相手に話したり、本が出るとプレゼントしてくれるのですが、表紙の裏に私がうれしくなる言葉を走り書きでふせんに書いて貼ってある。憎いことするんですよ〜。

ムーB加藤　桜木ウオッチャーのみなさんが、動物に例えたり、ひとことで表現するなら何でしょうか。

平本C尋　一九八〇年代くらいに、モグラがヘルメットをかぶってサングラスかけてツルハシ持ってるようなファンシーイラストってありましたよね。実際は土の中をめちゃくちゃ孤独に掘っているだけで、生態もあまりよくわかっていないモグラなのに、サングラスでちょっとパリピっぽく陽気なイメージで描かれているモグラのイラスト。桜木さんもそういう感じですね。常にデフォルメされた「桜木紫乃」と接しているんだなあという感じがします。

○庭大作　「小説バカ一代」。もちろんいい意味で。どんな話題で会話をしていても、必ず最後には小説の話になっているからです。

○津洋子　本当にここだけの話ですが、スカンク。何の前ぶれもなく、いきなりLINEで「今、すっごい臭いおならが出た」とか、「すご〜く長〜い音のおならが出た」と、おなら報告が来るんです。「？」ってなりますよね。それも一度や二度ではありません。これも載せちゃって大丈夫ですか。

ムーB加藤　「屁の一発や二発はオーライ」とおっしゃるのでは。最後に、読者のみなさんに向けて、それぞれが考える桜木作品の魅力を。

平本C尋　エッセイ集の座談会で言うようなことではないと思うのですが、桜木さんという人間の本質は小説の中にあると思います。エッセイを読むと、かえって攪乱《かくらん》されるかもしれません（笑）。もちろん、本質とは別のところに魅力を感じる、というのは人間の常かもしれませんので、エッセイで書かれていることが本当ではないのだ、と言いたいわけではありません。ただ、桜木さんは全部小説に還元するために生きてるような人なので、答え合わせは小説でしかできないだろうな、という気がします。

木原Iづみ　桜木さんの作品には匂いがします。『硝子の葦』を読んだ時、冬の匂いがしました。私の生まれ育った新潟にも通じる空の重さや肌を刺す空気、それを包む冬の匂い。こんなにも鮮やかに匂いをまとって立ち上がってくる情景描写を、読者のみなさんにもぜひぜひ深く吸い込んでいただきたいです。決して口数の多くないキャラクターたちの心のうちが、空気の密度と匂いに溶けて毛穴から染み込んできます。

○津洋子　桜木作品には、いつも心の中に「ゆるぎない何か」を持った女がでてきます。その何かは作品により変化しますが、どんな道だろうと、どんな結果だろうと、それは自分が決めたことという覚悟があり、自分の足で一歩前に進みだす未来への希望を感じます。その希望は決して大きなものではなく、一筋の光のように感じます。それは桜木さんがいつもトークライブで言う「作品を書き上げるごとに答えが見つかる」と同じで、その言葉を聞くたびに桜木さんも私たちファンと一緒に一歩ずつ前に進んでいる、とひそかにじんわりしています。

ムーB加藤　本日は、ひとかけらの遠慮もないお話の数々、ありがとうございました。

あとがき

目に見えぬウイルスに世界がゆらいでしまった三年間、身のまわりのことがみな近未来のように感じられたものでした。現実なのに上手く受け止めることができない不安のなかで、文章を書くことだけは変わらず目の前にあり。日経新聞の「プロムナード」欄に寄せたものをはじめ、あちこちに書いた駄文がけっこう溜まったこともあり、「さあもう一冊作ってもらおうか」と半ば担当者を脅してみたのが一年前のこと。

執拗に周囲の人間を巻き込み、ネタにしたような気がします。人間としてそれはどうかという自問さえも芝居じみているな、という反省はさておき。

エッセイだけで一冊にできるくらいあったものを、この度も担当者の好みでバッサリ捨てました。打ち出し原稿に書き込まれた「これ、面白くないんで削りましょう」の一文に、しばらく夢でうなされたこともよい思い出に。

「いいもん見つけました！」で収録されることとなったのが「ライブ99」。

ラジオ番組「夜のドラマハウス」を聴いて育った十代を懐かしみながら書いた原稿をお届けできること、ありがたく嬉しく。偏った選曲も、書き手の好み最優先でした。

新人賞から二十余年、ほとんど隠していない覆面座談会で、馴染みの編集者の本音(だよな)を目にする日が来るとは思わず。「温かい励ましとかあったりして、思わず泣いちゃったらどうしよう」という思いは杞憂でした。パンツを見せて歩いていたり、ハナクソだの屁だのという話題で彼らを翻弄し、ときどき差し歯やスマホを落としながらコマネチを決めるという、馬鹿な小説家が浮き彫りに。

各社担当のみなさん、MC大津さん、カバーイラストを快く承諾してくださった江口寿史さん、デザイナーの佐藤守功さん、お忙しいなか、ありがとうございました。

本書の出版をもって北海道新聞を退職されるムービー加藤さん、四十年にわたる新聞記者生活、おつかれさまでした。ビバ、人生。

二〇二三年　三月　吉日

桜木紫乃

JASRAC 出 2300003—301
撮影協力　SAKE BAR かまえ

妄想radio《レディオ》

2023年4月8日　初版第1刷発行

著　者　桜木紫乃
発行者　近藤　浩
発行所　北海道新聞社
〒060-8711　札幌市中央区大通西3丁目6
出版センター（編集）電話011-210-5742
（営業）電話011-210-5744

ブックデザイン　佐藤守功（佐藤守功デザイン事務所）
印刷・製本　株式会社アイワード

ISBN＝978-4-86721-088-8